꽃다발 같은

사랑을

했다

NOVELIZE HANATABA MITAINA KOI WO SHITA

Copyright © 2021 Yuji Sakamoto / "We Made a Beautiful Bouquet"
Film Partners
Korean translation rights arranged with Little More Co., Ltd.
through Japan UNI Agency, Inc., Tokyo and JM Contents Agency
Co., Seoul

이 책의 한국어판 저작권은 JMCA를 통해 저작권자와 독점 계약한 아웃사이트에 있습니다. 저작권법에 의하여 한국 내에서 보호를 받는 저작물이므로 무단전재와 무단복제를 금합니다.

사카모토 유지 坂元 裕二

각본가. 도쿄예술대학 교수. 주요 텔레비전 드라마 작품으로 〈도쿄러브스토리〉〈우리들의 교과서〉〈Mother〉〈Woman〉〈최고의 이혼〉〈문제 있는 레스토랑〉〈언젠가 이 사랑을 떠올리면 분명 울어버릴 거야〉〈콰르텟〉〈anone〉 등이 있다. 또 낭독극 〈불귀의 첫사랑, 에비나SA〉〈칼라시니코프 불륜해협〉에서는 각본과 연출을 담당하여 공연을 거듭했다.

구로즈미 히카루 黒住 光

프리라이터이자 각본가로 〈짱구는 못말려〉〈어묵군〉 등 다수의 애니메이션 시리즈, 오네 히로시 감독의 드라마 〈마호로역 앞 번외지〉 등에 참가. 노벨라이즈 작품으로 〈SUNNY 강한 기분·강한 사랑〉 등이 있다.

옮긴이 권남희

일본문학전문번역가이자 에세이스트. 지은 책으로 《번역에 살고죽고》《귀찮지만 행복해볼까》《혼자여서 좋은 직업》이 있으며, 옮긴 책으로 《달팽이식당》《카모메식당》《시드니!》《애도하는 사람》《빵가게재습격》《반딧불이》《샐러드를 좋아하는 사자》《저녁 무렵에 면도하기》《평범한 나의 느긋한 작가생활》《종이달》《배를 엮다》《누구》《후와후와》《츠바키 문구점》《반짝반짝 공화국》《라이온의 간식》《숙명》《무라카미 T》 외에 300여 권이 있다.

꽃다발 같은 사랑을 했다

원작 각본
사카모토 유지

글
구로즈미 히카루

옮김
권남희

OUTSIGHT
PUBLICATIONS

차
례

2020 ·· 7

2015 ·· 15

2016 ·· 123

2017 ·· 143

2018 ·· 169

2019 ·· 199

2020 ·· 225

일러두기

인명, 지명 등의 외국어와 외래어는 국립국어원 외래어 표기법에 따르되 몇몇 인명의 경우 현지 발음 그대로 표기했다.

2020

프롤로그

무기는 짜증내며 커피잔을 내려놨다.

"쟤들, 음악 들을 줄 모르네."

뜬금없는 그의 말에 옆에 앉은 여자친구가 "응?" 하고 되물었다.

건너편 자리에 앉은 대학생으로 보이는 커플 얘기다. 그들은 테이블에 놓인 스마트폰에서 길게 뻗은 이어폰을 한 쪽씩 귀에 꽂고 사이좋게 듣고 있다. 사귄 지 얼마 되지 않아 보이는 남녀의 흐뭇한 광경에 무기의 마음은 불편해졌다.

무기는 자기 목에 걸고 있던 이어폰의 양쪽 끝을 들고 여자친구에게 설명했다.

"음악이란 말이야, 모노가 아니라 스테레오야. 이어폰으로 들으면 L과 R에서 들리는 소리가 다르다고. L

에서 기타 소리가 날 때, R에서는 드럼만 들려. 한 쪽씩 들으면 그건 이미 다른 곡이야."

그때, 키누는 다른 테이블에서 이어폰의 L과 R을 양손에 들고 옆자리 남자친구에게 물었다.

"베이컨 양상추 샌드위치에서 베이컨이랑 양상추를 따로 먹었어. 그게 베이컨 양상추 샌드위치일까?"

묘한 질문에 당황했지만 남자친구는 "아니지"라고 대답했다.

"돈가스 덮밥을 둘이 나눠 먹느라 한 사람은 돈가스만 먹었어. 다른 한 사람이 먹은 것은?"

"……계란 덮밥."

"그렇지. 같은 곡을 듣고 있다고 생각하지만 다른 곡이야. 여자와 남자는 지금 다른 곡을 듣고 있어."

키누도 역시 이어폰 나눠 낀 커플을 보고 하는 말이었다.

무기는 무기대로 여자친구에게 열변을 계속하고 있다.

"레코딩 스튜디오의 이만한 탁자 같은 것 본 적 있

지?" 하고, 두 팔을 한껏 벌리며 말했다.

"엄청나게 많은 스위치와 손잡이, 그 전부가 L과 R에서 흘러나오는 소리를 입체적으로 만들기 위해……."

키누도 남자친구에게 열변을 계속했다.

"작곡가도 엔지니어도 야식 도시락 먹으면서 몇십 번 몇백 번 듣고 비교하며 소리를 만들잖아? 그런 걸 말이야, L과 R을 나눠 듣다니……."

무기는 저들을 용서할 수 없다.

"엔지니어가 보면 야식 도시락을 콘솔에 내동댕이칠걸."

키누는 저들을 용서할 수 없다.

"두고 볼 수가 없네."

세 커플이 제각기 테이블에 있었다. 야마네 무기와 그의 여자친구. 하치야 키누와 그의 남자친구. 그리고 젊은 대학생 커플.

무기와 키누는 각각 다른 테이블에서 각각의 파트너

에게 같은 얘기를 하고 있다. 마치 이어폰의 L과 R로 나뉜 사운드가 하나의 곡을 연주하듯이.

여자친구가 "그래도 둘이 같이 듣고 싶은 거겠지"라며 젊은 커플을 옹호하자, 무기는 바로 부정했다.

"스마트폰은 각자 한 개씩 갖고 있잖아."

테이블에 놓인 자기 스마트폰과 여자친구의 스마트폰을 가리키는 무기의 어투가 세졌다.

키누는 자신과 남자친구의 스마트폰을 나란히 테이블에 놓은 뒤 "각자 꽂고 동시에 재생 버튼을 누르면 되잖아" 하며 양손으로 두 개의 스마트폰 버튼을 눌렀다.

남자친구는 "한 개로 둘이 나누니까 괜찮지 않아?" 하고 정론을 말했지만…….

무기가 말했다.

"나누면 안 된대, 연애는."

키누가 말했다.

"연애는 한 사람당 한 개씩."

무기가 일어섰다.

"한 개씩 있는 거야. 쟤들 그걸 모르네."

키누가 일어섰다.

이어폰을 한 쪽씩 끼는 건 음악을 모독하는 것이다. 아직도 그러고 있는 대학생 커플에게 음악이 뭔지 가르쳐줘야 한다. 휴일 카페의 평화로운 공기를 깨듯이 두 사람은 동시에 자리에서 일어났다.

대학생들 쪽으로 걸어가려던 두 사람은 동시에 발을 멈추고 얼굴을 마주보았다.

넓은 카페 한복판에 굳은 듯이 멈춰 서서 긴 한순간을 말없이 바라보던 두 사람은 다시 각자 자리로 돌아갔다.

커피잔을 꽉 잡고 커피를 마시는 무기에게 여자친구가 아무 일도 없었던 것처럼 말했다.

"그보다 말이야, 나 어젯밤에 자기네 집에 귀걸이 두고 오지 않았어? 침대에 뒀나."

"못 봤는데……."

무기는 건성으로 대답했다.

테이블로 돌아온 키누는 남자친구 얘기를 건성으로 듣고 있었다.

"아버지가 말이야, 키누 소개해달라고 난리야. 어때? 도즈카까지 가줄래?"

"응, 글쎄, 가는 건……."

키누의 넋 나간 시선이 허공을 헤맸다.

무기와 키누의 머릿속에서는 대학생 커플도, 눈앞의 상대도 이미 지워졌다.

무기의 마음은 여기가 아닌 어딘가에 있다.

키누의 마음은 지금이 아닌 언젠가에 있다…….

2015

1

2015년 겨울, 하치야 키누는 스물한 살이었다. 요즘 유행하는 개그 콤비 구마무시의 노래 "따뜻하니까♪"를 흥얼거리면서 아침으로 토스트를 굽는, 지극히 평범한 대학생이었다. 그날 아침, 토스터에서 꺼낸 식빵에 버터를 바르다가 손이 미끄러졌다. 키누는 바닥에 떨어진 빵을 보고 생각했다.

'이것만큼은 진실이라고 생각하는 게 한 가지 있지. 토스트를 떨어뜨리면 반드시 버터 바른 쪽이 바닥으로 떨어져.'

머피의 법칙에 따르면 떨어뜨린 토스트의 버터 면이 바닥에 착지할 확률은 카펫 가격에 비례한다지만, 키누가 토스트를 떨어뜨린 곳은 카펫도 깔리지 않은 거실 마룻바닥이었다. 하치야 키누의 법칙은 머피보다

불운할 확률이 높다.

'그래서 나는 대체로 조용히 살고 있고, 흥분하는 일은 그리 많지 않지' 하고 인정하는 키누지만, 5초 룰에 따라 잽싸게 주운 토스트를 먹으면서 스마트폰을 보다 바로 흥분했다.

'국립과학박물관에서 미라 전시회를 해!'

스마트폰을 보고 한쪽 입술 끝이 살짝 올라갔을 뿐이지만, 키누에게는 '그렇게 보이지 않을지 모르지만 내심 환희하고 감격해서 우는 나'의 얼굴이었다. 미라 전시회에 감격해서 우는 대학생은 일반적으로 '여자력 女子力' 가치관과 거리가 먼 타입이다.

키누는 2년 전부터 '면과 여자대학생'이라는 이름의 라면 블로그도 하고 있다. 지난주에 블로그 페이지 뷰가 1일 1,500회를 넘었다. 요컨대 지난주에도 '그리 많지 않은 흥분'을 느꼈다.

그리고 어제, 키누는 페이지 뷰를 더 늘리고자 새로운 가게를 개척하러 아직 가본 적 없는 하라주쿠 라면 가게를 방문했다. 혼자 묵묵히 라면을 먹으면서 날짜와 가게 이름, 면과 수프와 건더기 평가 등의 데이터를 스마트폰에 입력했다. 그렇게 은밀하고 수수한 취미를 2년째 계속하고 있었다.

그러고 나서 밤에는 개그 콤비 '텐지쿠네즈미'의 콘서트를 보러 갈 예정이었다. 키누는 라면 가게를 나와 공연까지 남은 시간을 때우려 오모테산도를 걸었다. 그러다 문득 사람들이 자신을 쳐다본다는 걸 느꼈다. 무심코 들여다본 액세서리 가게 진열장에 비친 자기 모습을 보고 그제야 깨달았다.

평소 입고 있는 벽돌색 더플코트 안에 오늘 처음으로 입은 자가드 니트 스웨터. 그 스웨터 위의 하얀 것. 라면 가게의 일회용 앞치마를 목에 걸고 있었던 것이다. 하필이면 세련된 거리를 걸을 때 부끄러운 실수를 하는 것도 하치야 키누의 법칙이다.

황급히 일회용 앞치마를 벗어서 둘둘 뭉쳐 주머니에 넣으려고 할 때, "아, 오랜만이야" 하는 소리가 들렸다.

낯익은 남자가 키누의 얼굴을 들여다보았다. 키누는

'전에 한 번 데이트한 적 있는 도미노 코지다' 하고 이내 알아보았다.

"……오랜만이야."

도미노 코지는 버벅거리며 잠시 틈을 두었다가 손을 내밀었다. 키누는 애써 웃는 얼굴로 악수하면서 '이 인간, 내 이름을 기억하지 못하는군……' 하고 생각했다.

키누는 뭐, 시간이나 때울까, 하고 도미노 코지와 오모테산도를 걸었다. 아이 쇼핑을 하며 애매하게 시간을 보내다 보니 해가 저물어서 "밥이라도 먹으러 갈까?" 하게 됐다.

그가 야키니쿠 가게에 데려가서 키누는 또 스웨터 위에 일회용 앞치마를 걸쳤다. 도미노 코지는 연신 고기를 구워서 키누의 접시에 올려주었다. 라면을 먹어서 배는 별로 고프지 않았지만, 도미노 코지와 딱히 할 얘기도 없어서 묵묵히 먹기만 했다.

"맛있어?"

"응."

웃는 얼굴로 대답하면서 키누는 생각해냈다.

'그러고 보니 이 녀석, 지난번에도 내가 새 스웨터 입은 날 야키니쿠 가게에 데리고 갔지.'

'있어 보여서 괜찮다 싶은 남자는 대체로 나를 아래로 볼 뿐.'

키누는 '아니, 나도 별로 기대하는 건 없어'라고 생각하면서 입 안 가득 갈비를 물었고, 이름도 기억 못 하는 상대에게 뭘 바라냐고 생각하면서 안창살을 집었다. 공연 보러 간다는 말을 안 한 건 괜히 말을 꺼내기 그래서일 뿐이라고 생각하면서 곱창을 씹었다. 마음은 도미노 코지가 아니라 고기와 마주하고 있다. 어쨌든 고기는 맛있으니까.

대충 다 먹었을 즈음이었다. 드르륵 하며 미닫이문이 열리고 카멜 코트에 베레모를 쓴 화려한 여자가 들어왔다. 키누보다 훨씬 키가 크고 똑똑해 보이는 모델 같은 미인이었다.

"쇼마!"

"리사!"

그를 부르는 베레모에게 도미노 코지가 대답했다.

"잠깐만."

도미노 코지는 서둘러 리사 쪽으로 갔다. 역시, 하고 키누는 혼자 끄덕였다. 가게 앞에서 즐겁게 얘기하는 두 사람. 어떤 관계인지 모르겠지만 일단 애칭으로 부르는 친한 사이다. 도미노 코지에게는 저런 아이가 어울리는군, 하고 생각했다.

어쨌든 잘 얻어먹었다. 키누는 야키니쿠 가게 앞에서 "그럼 안녕" 하고 웃으며 손을 흔든 뒤, 팔짱을 끼고 밤거리로 사라져가는 도미노 코지와 리사의 뒷모습을 지켜봤다.

그러고 나서 손목시계를 보다 "앗!" 하고 소리를 질렀다. 어느새 전철 막차 시간이 됐다.

역까지 달려갔지만, 그만 막차를 놓쳐서 첫차 시간까지 PC 카페에서 보내야 했다. 키누는 좁은 부스 안에 몸을 구부리고 누워 컴퓨터 모니터 빛에 의지해 지갑에서 표를 꺼내 들여다봤다.

'텐지쿠네즈미 보러 갈걸.'

후회하면서 그곳에 있는 담요를 덮었다. 새로 산 스웨터에서는 야키니쿠 냄새가 나고, 담요에서는 곰팡내가 났다.

첫차 시간이 됐다. 키누는 아직 어두컴컴한 도비다큐역에 도착해 서둘러 역으로 가는 사람들의 흐름과 반대로 걸었다. 최악의 밤이 밝고, 최악의 아침 귀가를 한 것이 오늘 아침의 일이다.

이럴 때, 키누가 언제나 떠올리는 일이 있다.

'2014년 월드컵 축구 결승전. 개최국 브라질이 독일에 일곱 골을 먹히고 졌다. 그때 브라질 온 나라가 아비규환. 그보다는 낫다. 난 그보다는 행복해, 꽤 행복해.'

마음속으로 주문처럼 외웠다. 그렇다, 비관할 것 없다. 늘 버터 면이 바닥에 떨어지는 건 아닐 것이다.

'지금은 미라 전시회만 생각하자. 더는 아무것도 바라지 않아.'

키누는 컴퓨터를 켜서 국립과학박물관 홈페이지에 들어갔다. 미라 전시회 입장권 구매하기를 클릭했을 때, 마침 스마트폰에서 띠리링 하고 라인 착신음이 울렸다…….

2

2015년 겨울, 야마네 무기는 스물한 살이었다. 선로에서 불어오는 찬 바람이 지나가는 육교 위, 보도에 놓인 파이프 의자에 앉아 교통량 조사 아르바이트를 하는 흔한 가난뱅이 대학생이었다.

보행자가 한 명 지나갈 때마다 무릎에 놓인 카운터를 누른다. 단조롭기 그지없는 작업을 되풀이하다 보니 시시한 일이 떠올랐다.

'나는 가위바위보 규칙이 이해가 안 돼. 주먹이 가위를 이긴다. 가위가 보자기를 이긴다. 그건 알겠어. 근데 보자기가 바위를 이긴다. 응? 보자기는 바위로 찢을 수 있잖아? 인류는 어째서 그런 모순으로 가득한 규칙을 당연한 것처럼 받아들이게 됐을까. 인생은 부조리해.'

무기는 그런 생각을 하면서 눈앞에 있는 러브호텔 입구를 보고 있었다. 스무 살 남짓한 여자아이가 쉰이 넘어 보이는 샐러리맨 아저씨의 팔을 끌고 안으로 들어간다. 어떤 관계일까. 무기는 역시 인생은 부조리하다고 생각했다.

아르바이트가 끝난 뒤 저녁 도시락이 든 편의점 비닐봉투를 들고 차가울 대로 차가워진 몸으로 집에 돌아오니 거기에도 부조리가 기다리고 있었다. 우편함에 꽂힌 대량의 전단.

'월세 5만 8천 엔의 다세대주택 우편함에 들어 있는 3억 2천만 엔의 고급 아파트 분양 전단. 올해 제일 웃겼어.'

월세 5만 8천 엔, 지은 지 40년 넘은 목조집 원룸의 고다쓰에 들어가 편의점에서 산 소금구이 우삼겹 덮밥을 플라스틱 숟가락으로 비볐다.

고다쓰 위에는 스케치북이 펼쳐져 있다. 저녁을 먹으면서 그림을 그리는 게 무기의 일과였다. 그려놓은 펜 일러스트는 일상을 그림일기처럼 기록한 것이다.

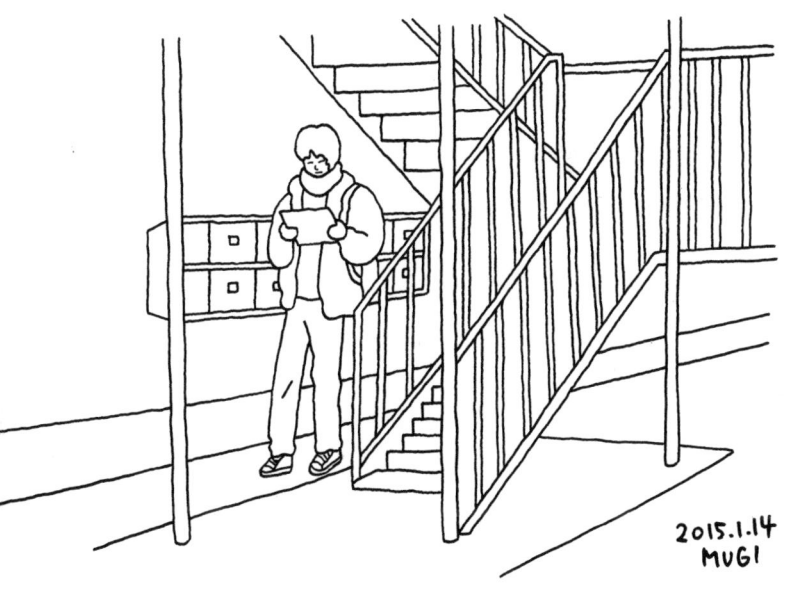

오늘은 우편함 앞에서 억 단위 아파트 전단을 보고 있는 자신을 그렸다. 완성도는 그저 그랬다.

'최근에 상태가 좋지 않다. 이유는 알고 있다. 번아웃이다.'

무기는 번아웃이 되기 전, 신났을 때의 자신을 떠올렸다.

'3개월 전, 스트리트 뷰로 근처를 검색하다 기적을 보았다.'

아직 고다쓰를 쓰기 전의 계절. 365일 깔아놓고 사는 이불 위에서 노트북을 켜고 심심풀이 삼아 구글 스트리트 뷰로 동네를 가상 산책할 때의 일이다. 무기는 뜻밖의 것을 발견하고 "아앗!" 소리를 질렀다.

근처 편의점 거리 사진 속에 편의점 봉투를 들고 가는 젊은 남자. 낯익은 체크무늬 네일 셔츠. 진짜야? 그건 틀림없이 자기 모습이었다. 자기밖에 없는 집에서 무기는 엉겁결에 주위를 둘러보았다. 이 흥분을 누군가에게 전하고 싶었다.

무기는 얼른 학교에 가서 오키타에게 자랑했다. 물론 사진과 같은 네일 셔츠를 입고 갔다.

"대박, 대박. 친구가 스트리트 뷰에 나오다니."

오키타 히로무에게 스트리트 뷰를 보여주자 그렇게 말했다. "축하한다" 하고 하이파이브까지 해주길래 한턱냈다.

무기는 그 외에 아는 친구 모두에게, 심지어 잘 모르는 학생들에게도 스트리트 뷰 데뷔를 보여주며 돌아다녔다. 칭찬해주는 녀석들에게는 모두 한턱냈다. 지금까지 학교에서 화제의 중심이 된 적 없었던 자기가 스타처럼 모두에게 둘러싸였다.

'꿈같은 날들이었어.'

그 무렵의 흥분한 자신을 떠올렸다. 무기는 너무 흥분한 나머지, 동경하던 우나이한테까지 말했다.

"우나이! 우나이!"

과에서 제일 예쁜 우나이 히나코를 큰 소리로 불러 세우고 달려갔다.

"봐, 이거! 이거 나야!"

무기는 의기양양한 얼굴로 스트리트 뷰를 보여줬다.

지금 생각하니 무진장 창피하다. 하지만 그 바보 같은 흥분 상태가 아니었다면 우나이에게 그렇게 자연스레 말을 거는 일은 없었을 것이다.

'그것보다 더 흥분되는 일이 앞으로 내게 일어날까.'

무기는 한숨을 쉬며 고다쓰에 들어갔다. 상체는 이불에 누웠다. 그때 머리 위에 걸린 상의가 눈에 들어왔다. 벌떡 일어나 상의 주머니에서 지갑을 꺼내 지폐꽂이에 든 표를 꺼냈다.

"아, 맙소사……."

텐지쿠네즈미의 공연 표. 오늘 날짜였다. 무기는 표를 버리고 다시 이불에 드러누웠다.

'누군가가 지상의 모든 것을 포기하면 사람은 언젠가 하늘을 날 수 있다고 말했다. 슬슬 날 수 있지 않을까.'

리얼한 절망과 아련한 희망 사이에 있을 때, 스마트폰에서 띠리링 하고 라인 착신음이 울렸다…….

3

'인원수 맞추느라 불려나온 니시아자부.'

키누는 마음속으로 그렇게 중얼거렸다. 오늘 아침 라인으로 호출받아 밤의 니시아자부에 와 있다. 장소는 검은 옷을 입은 점원이 안내하는 화려하기 그지없는 인테리어의 노래방. 점원은 룸이라기엔 너무 넓은 방으로 안내해줬다.

귀에서 이어폰을 빼고 엉킨 줄을 풀면서 큰 문을 열자 누군가 엄청나게 큰 소리로, 엄청나게 엉망으로 GReeeeN의 〈기적〉을 부르고 있었다.

수십 명의 파티. 마이크를 든 남자가 커다란 스크린의 노래방 영상을 배경으로 기분 좋게 노래를 부르고 있지만, 아무도 듣지 않고 있다.

'노래방으로 보이지 않게 연구를 한 노래방에서 노

래하는 IT 업계 사람은 대체로 불량스럽게 보이지 않는 연구를 하는 불량스러운 사람들.'

노 넥타이 슈트 차림의 연령 미상 남자들은 저마다 옆에 앉은 여자에게 열변을 하고 있다. 키누에게 어떤 목소리가 들렸다.

"결국 하냐, 하지 않냐야."

'맞는 말이네.'

다른 테이블에서는 여자들이 모여서 포즈를 취하고, 아저씨 한 명이 스마트폰으로 그들을 찍고 있다.

'인스타에 올릴 사진은 여자들만 찍는다.'

어느 테이블에도 섞이지 않고 코트도 목도리도 풀지 않은 채 어슬렁거리던 키누는 어쩌다 보니 참가자 중에 가장 연장자로 보이는 아저씨한테 잡혀서 "작년에 위를 반으로 잘랐거든" 하는 얘기를 들었다.

'왜 이런 데 왔을까. 매번 같은 생각을 한다.'

자기한테 맞지 않는다는 걸 알지만 부르면 오고 만다. 좋은 의미로 그게 젊다는 것일지도 모른다. 떨어지기 전에는 토스트의 어느 면이 바닥을 향할지 모르니까.

키누는 아저씨가 하는 얘기를 끄덕이는 척하고 흘려들으며 테이블 아래에서 스마트폰으로 라인을 체크하다 어디 가서 라면이나 먹고 갈까 생각했다.

멋진 만남도 즐거운 분위기도 아무것도 없이 무의미한 시간을 보낸 키누는 노래방으로 보이지 않는 노래방을 나왔다. 세련된 척하고 싶은 사람들은 교통이 불편한 동네에 모이고 싶어 한다. 번거로운 귀갓길. 니시아자부에서 버스를 타고 시부야로 나와 이노가시라선 전철을 탔다. 원래 메이지대앞역에 도착하면 게이오선으로 갈아탔지만, 키누는 게이오선 플랫폼으로 가지 않고 개찰구 밖으로 나왔다. 막차까지는 아직 여유가 있고 블로그 업데이트도 하고 싶다. 역시 라면 가게에 들렀다 가기로 했다.

역에서 비교적 가까운, 면 추가 무료인 하카타 라면 체인점. 카운터 자리에 앉아 블로그용으로 라면 사진을 찍고, 잘 먹겠습니다, 하고 젓가락을 드는 순간, 라

인 착신음이 울렸다. 엄마였다. '올 때 두루마리 휴지 사와.'

라면 가게를 나온 키누는 두루마리 휴지를 샀다. 양손에 8롤 팩을 하나씩 들고 역으로 걸어가는데 뒤에서 달려오는 회사원 두 명이 "아악, 악, 막차!" 하며 소리를 질렀다. 시계를 보니 막차까지 앞으로 몇 분. 두루마리 휴지를 사서 그렇다. 키누도 달리기 시작했다.

4

 어젯밤 라인으로 불려나온 무기는 밤의 메이지대앞역에 내렸다. 개찰구를 나와 엉킨 이어폰을 풀면서 걸어갔다.

 장소는 지극히 흔해빠진 노래방이었다. 카운터에서 들은 방 번호를 찾아 여긴가, 하고 작은 문을 열었다.

 열 명 남짓한 술자리. 누군가가 세카이노오와리의 〈RPG〉를 부르고 있다.

 "아, 우나이가 부른 사람?"

 "네. 우나이는……."

 문 가까이에 앉아 있던 남자가 아는 척을 해줬다. 무기는 실내를 둘러봤지만 우나이는 없다.

 "좁혀, 좁혀."

 모두가 자리를 좁혀줘서 무기는 간신히 앉았다.

"우나이는……."

무기가 한 번 더 묻자, 양쪽에 있는 남자들이 웃으면서 대답했다.

"오늘 밤은 달 모양이 불길해서 오지 않겠대요."

"그 사람 좀 돌아이지."

우나이가 불러서 새로운 흥분의 날이 도래하기를 기대하고 온 무기였다. 그가 없다면 여기 있을 이유도 없다.

무기가 나가려는데 "여어" 하고 남자 세 명이 들어왔다. 모두가 자리를 좁히느라 무기는 더 안쪽으로 들어왔다. 콩나물시루 상태여서 나갈 수가 없어졌다.

그렇게 몇 시간이 흘렀다. 우나이가 초대했지만 우나이는 없는 술자리는 끝없이 이어지고, 붙임성 좋은 무기는 친하지도 않은 사람들 노래에 손뼉을 쳐줬다. 어쩌면 우나이가 늦게라도 나타나지 않을까 하는 희미한 기대도 있었지만, 막차 시간이 가까워질 무렵에는 그것도 포기하고 혼자 빠져나왔다.

심야의 상점가는 라면 가게 불빛만 밝게 빛나고 있었다. 시계를 보니 막차 시간이 아슬아슬하다. 맙소사. 무기는 힘껏 달렸다.

역 앞까지 오자, 벽돌색 더플코트에 흰색 백팩을 멘 여자가 앞에서 달려가고 있다. 같은 전철을 타려는 것 같다.

개찰구 앞에서 여자를 추월하려다 살짝 부딪치고 말았다. 그가 안고 있던 두루마리 휴지 꾸러미가 땅으로 굴렀다.

"아, 죄송합니다."

무기는 황급히 두루마리 휴지를 주워서 건넨 뒤 "그럼" 하고 그를 먼저 들어가게 했다. 이어서 들어가려고 했더니 삐익 하는 경고음과 함께 개찰구 플랩이 찰칵하고 닫혔다.

"앗?"

하필 이럴 때 PASMO(교통카드—옮긴이)는 잔액 부족이다. 무기가 당황하자 두루마리 휴지를 든 그도 멈춰서서 미안한 듯이 이쪽을 보고 있다. '나 때문인가?'라고 생각할지도 모른다.

잔액 부족은 그와 관계없다. 우물쭈물하다 보면 그도 전철을 놓치고 만다. 무기는 "괜찮으니 그냥 가세요" 하며 눈빛과 손짓으로 재촉하고 발매기 쪽으로 달려갔다.

"최악이네……."

PASMO에 급히 천 엔을 충전하고 개찰구 쪽으로 돌아갔지만, 이미 막차 발차 벨이 울리고 있었다.

"빌어먹을……."

무기보다 먼저 개찰구 앞에 도착한 샐러리맨 남자가 게시판을 올려다보며 작은 소리로 중얼거렸다. 막차 표시가 꺼지는 순간이었다.

"아아……."

무기도 그의 옆에서 절망했다.

한 사람 더 있었다. 인조 모피 코트를 입은 화려한 여자가 "전철 갔어요?" 하고 샐러리맨 남자에게 물었다. 그는 "아마도"라고 대답하더니, "첫차를 기다려야 하나……" 하며 고개를 떨어뜨렸다.

"저기…… 아침까지 하는 가게 아세요?"

"어……."

노래방이나 이자카야 등 아침까지 하는 가게가 있긴 하지만, 갑자기 물으니 당황스럽다.

그런 생각을 하며 역 안쪽을 보다가 무기는 "앗" 하고 놀랐다. 두루마리 휴지를 든 여자가 어깨를 축 늘어뜨리고 터덜터덜 이쪽으로 걸어왔다. 결국 그도 마지막 전철을 놓친 것 같다.

5

 몇 분 전, 키누는 양손에 두루마리 휴지를 들고 역 앞을 필사적으로 달렸다. 마찬가지로 막차를 향해 달리는 누군가의 타닥타닥 발소리가 뒤에서 들려왔다.

 키누는 두루마리 휴지를 왼쪽 옆구리에 끼고 빈 손으로 주머니의 PASMO를 뒤지면서 갔다. 그러나 두꺼운 울코트 팔로 안은 두루마리 휴지가 미끄러져, 개찰구 바로 앞에서 털썩하고 바닥으로 떨어졌다. 그와 동시에 뒤에서 온 사람과 부딪쳤다.

 "아, 죄송합니다."

 학생으로 보이는 젊은 남자가 그렇게 말하면서 두루마리 휴지를 주워줬다. 키누가 그걸 떨어뜨리고 갑자기 멈춘 탓에 그와 부딪치게 됐지만, 그는 자기와 부딪치는 바람에 두루마리 휴지를 떨어뜨렸다고 생각하는 것 같았다.

"죄송합니다."

키누는 사과하고 개찰구 안으로 들어갔다. 그때 뒤에서 삐익 하는 경고음이 나고 "앗?" 하는 소리가 났다. 돌아보니 그 남자가 개찰구에 걸렸다.

그가 두루마리 휴지 때문에 막차를 놓친다면 미안하다. 키누가 멈춰 서서 보고 있자, 그는 "먼저 가세요" 하는 식으로 손짓했다.

막차가 이미 플랫폼에 들어왔는지 발차 전 안내방송이 들렸다. 이제 정말로 아슬아슬하다. 키누는 그에게 미안하다고 생각하면서 플랫폼 쪽으로 달렸다.

그러나 키누가 계단을 뛰어올라가 플랫폼에 도착했을 때는 무정하게도 이미 문이 닫히고 출발하는 참이었다.

이틀 연속으로 막차를 놓쳤다. 또 PC 카페에서 자야 하는 건가. 아니, 그보다 이틀 연속으로 아침에 들어왔다고 엄마한테 혼날 생각을 하니 우울했다. 어제 최악의 밤과 최악의 아침 귀가보다 더 잔혹하다. 최악 기록

경신.

키누는 무거운 걸음으로 역 계단을 내려갔다. 어깨를 늘어뜨리고 개찰구 쪽으로 향했다. 역무원에게 말하고 다시 나갈 수밖에 없다.

아래를 보고 있던 시선을 문득 들다가 키누는 "어?" 하고 생각했다. 개찰구 밖에 아까 그 사람이 아직 서 있다. 그쪽도 키누를 발견했다. 서로 말을 거는 일도 없이 어색하게 눈을 마주쳤다.

6

처음 만난 네 사람이 심야영업 카페에 앉았다. 하치야 키누, 야마네 무기, 온다 도모유키, 하라다 카나코. 막차를 놓치고 개찰구 앞에서 인연을 맺은 네 사람은 도모유키의 제안으로 첫차 시간까지 같이 보내기로 했다. 키누와 무기는 커피를 주문하고 도모유키와 카나코는 맥주를 마셨다.

"내일 쉬세요?"

카나코가 손에 핸드크림을 바르면서 도모유키에게 물었다. 무기는 '이 사람, 앉자마자 바로 핸드크림을 바르네' 생각하며 보고 있었다.

"점심때 지나서 가면 돼요."

도모유키는 대답하면서 물수건을 뜯어 손을 닦았다. 카나코도 물수건으로 손을 닦았다. 커피를 마시던 무기는 '어, 방금 핸드크림 발랐으면서 물수건으로 닦고 있네' 생각하며 카나코를 보고 있었다.

"어떤 일 하세요?"

"출판 쪽입니다."

도모유키와 카나코는 담담하게 사회인다운 대화를 나눴다. 키누는 대화에 낄 마음이 없다는 몸짓으로 소파에 기댔다.

무기는 '물수건…… 어째서 아무도 안 말하지?' 생각하다 무심코 카나코 뒷자리에 있는 손님 두 명을 보았다. 둘 중 니트 모자를 깊숙이 눌러 쓴 아저씨의 얼굴을 본 무기 입에서 "아……" 하는 소리가 새어나왔다. 그곳에 유명인이 있었다.

도모유키와 카나코가 무기의 시선을 눈치채고 돌아보려 했다.

"보면 안 됩니다."

무기는 작은 목소리로 두 사람을 말렸다.

"저쪽에 신이 있습니다."

무기는 저쪽을 보지 않으려 눈을 내리뜨고 양손으로

얼굴을 가리면서 말했다. 도모유키와 카나코는 저쪽이 눈치채지 못하도록 곁눈으로 훔쳐봤지만, 무기의 말뜻을 알 수는 없었다.

"신?"

카나코의 목소리가 커서 무기는 쉿, 하고 손가락을 세웠다.

"개를 좋아하는 사람입니다. 그리고 서서 먹는 국숫집."

이름을 말하지 않으려고 힌트를 줬지만 도모유키와 카나코는 모르는 눈치였다.

대화를 듣고 있던 키누는 니트 모자 아저씨의 얼굴을 확인한 뒤 헉, 하고 숨을 삼켰다. 무기는 도모유키에게 설명하느라 키누가 놀란 것을 눈치채지 못했다.

"유명한 사람인가요?"

"네, 영화 안 보세요?"

영화를 좋아한다면 다들 아는 거장이 그곳에 있었다.

"봐요. 꽤 마니악하다고 듣는데요."

무기는 잘난 척하며 말하는 도모유키에게 더는 물을

마음이 들지 않았지만, 카나코가 물고 늘어졌다.

"어떤 영화요?"

"〈쇼생크 탈출〉도 있고."

"아, 들어본 적 있어요."

"그거 보고 엄청나게 울었죠."

"엄청나게 울었어요? ……난요, 작년에 본 거라면 〈마녀 배달부 키키〉."

도모유키와 카나코 둘이서 신났다.

무기가 '〈마녀 배달부 키키〉는 물론 걸작이지만, 작년에 봤다고요?' 하고 끼어들려는데 두 사람의 대화는 의외의 방향으로 이어졌다.

"아침 드라마에 아역으로 나온 아이가 출연한 거요?"

"맞아요!"

"나도 봤어요!"

신난 두 사람을 앞에 두고 무기는 들리지 않을 정도의 작은 소리로 "네? 실사판?" 하고 중얼거릴 뿐이었다.

'어째서 신을 앞에 둔 지금, 실사판 〈마녀 배달부 키

키〉얘기를 하고 있을까. 이 세상에 수많은 실사판을 만들어내는 건 당신들인가?'

끓어오르는 분노의 감정을 꾹 참고 있는 무기의 옆얼굴을 키누가 물끄러미 보고 있다는 것을 무기는 아직 눈치채지 못했다.

첫차 시간까지 함께 있기로 했으면서 도모유키와 카나코는 둘이 택시를 타고 가기로 의기투합했다. 무기도 키누도 그들과 줄곧 함께 있고 싶다고 생각하진 않아서 이의는 없다. 어른 두 사람이 지금부터 어떻게 될지도 궁금하지 않다.

그들이 택시 타는 걸 지켜본 뒤, 무기와 키누는 학생답게 걸어서 가기로 했다.

같은 전철을 놓쳤기에 같은 방향이란 건 알고 있지만, 둘이서 장거리를 함께 걷는 것도 어색해서 키누는 친구 집에서 자겠다고 하고 역 앞에서 헤어졌다.

각자 방향으로 걸어가는데 키누는 왠지 신경이 쓰여서 돌아봤다. 무기는 엉킨 이어폰을 풀면서 터덜터덜

걷고 있었다. 체크무늬 코트에 백팩을 짊어지고 어깨를 떨어뜨린 무기의 등을 보다 키누는 생각했다.

'예의상 한마디 해야 하나.'

키누는 뛰어가서 무기를 추월했다. 양손에 든 두루마리 휴지가 흔들렸다.

'나도 엄청나게 흥분했으면서.'

무기를 추월해 그의 앞에 선 키누가 말했다.

"오시이 마모루가 있었죠."

그 니트 모자 아저씨는 애니메이션계의 거장, 오시이 마모루였다. 〈공각기동대〉, 〈기동 경찰 패트레이버〉, 〈시끌별 녀석들 うる星やつら〉, 〈이노센스〉, 〈스카이 크롤러〉를 만든, 제일 좋아하는 것은 서서 먹는 국숫집의 메밀국수인, 독특한 오시이 마모루였다.

무기가 놀라서 말했다.

"네?"

"아까 오시이 마모루가 있었잖아요."

"아셨어요?"

"호불호와는 별개로 오시이 마모루를 아는 건 일반

상식이죠."

키누가 시원스럽게 단언하자, 무기는 환해진 얼굴로 끄덕였다.

"네, 세계적인 수준이죠."

"그렇죠."

키누도 빙그레 웃었다.

두 사람은 그대로 같은 방향으로 걸었다.

"아, 그리고……."

무기가 하려던 말을 키누가 먼저 했다.

"그리고 핸드크림."

"맞아요, 그 사람 핸드크림 금방 발랐으면서."

"물수건으로 손 닦았죠."

키누는 전부 보고 있었다.

"그러니까요."

무기는 기쁘고 흥분해서 정신없이 얘기하다 길가에 세워놓은 자전거에 몸을 부딪쳤다.

무기와 키누는 함께 웃었다.

계기는 오시이 마모루였다.

7

첫차가 올 때까지 술을 마시기로 한 무기와 키누는 아침까지 하는 체인점 술집에 들어갔다. 입구에서 신발을 벗는 가게였다.

"도비다큐로 가나요?"

"조후에서 갈아타려고 늘 내립니다."

"그럼 스쳐 지나갔을지도 모르겠네요."

그런 얘기를 하면서 신발을 벗었다. 무기가 키누의 신발을 신발장에 넣어주다 알아차렸다. 키누의 신발과 자기 신발을 양손에 들고 번갈아 보는 무기. 둘 다 컨버스의 흰색 잭 퍼셀을 신고 있었다. 키누도 알아차리고 둘이 얼굴을 마주 보며 수줍게 미소를 지었다.

좌식 자리에는 손님이 드문드문 있었다. 두 사람은 탁자에 마주 앉아 하이볼 두 잔을 주문했다.

"하치야 키누입니다."

키누가 양손으로 잔을 감싸고 꾸벅 인사했다. 무기는 잔을 내려놓고 같이 꾸벅했다. 정면에서 보니 키누의 눈동자가 반짝반짝 눈이 부셔서 엉겁결에 고개를 숙였다.

"좋아하는 말은 면 추가 무료예요."

키누가 그렇게 덧붙였다. 무기는 어디서 웃어야 할지 몰라 난감했다.

"야마네 무기입니다."

무기는 머릿속에서 갑작스러운 언어유희 문제의 답을 필사적으로 찾았다.

"좋아하는 말은 쇠지레……입니다."

별로 재치 있는 대답은 아니었을지도 모른다. 무기가 한 손으로 하이볼 잔을 내밀자 키누가 가볍게 잔을 마주쳤다.

"아아……."

벌컥벌컥 마시는 하이볼. 오늘 가장 맛있는 술을 마신 무기가 바닥에 손을 짚고 몸을 뒤로 젖히자, 키누는 테이블에 팔꿈치를 괴고 무기 쪽으로 몸을 내밀며 "맛있다……" 하고 내뱉듯 말한 뒤 웃었다.

무기는 테이블에 있는 엉킨 이어폰을 집어 들었다.
"이거 꼭 이렇게 되더라고요."
"그죠."
키누도 자기 스마트폰에 꽂힌 엉킨 이어폰을 보여줬다. 그러다 듣고 있는 음악 얘기로 흘러갔다.
"cero(일본의 3인조 밴드—옮긴이)의 다카기 씨가 아사가야에서 하는 가게……."
"로지요? 간 적 있어요. 근데 다카기 씨가 있어도 말은 걸지 못하겠죠?"
"내가 아는 사람은 다카기 씨랑 얘기하고 나서 팬이 됐대요. 다음 날, 다이코쿠야(브랜드 물품, 공연표, 상품권 등을 파는 중고 가게—옮긴이)에서 유즈(일본을 대표하는 남성 포크 듀오—옮긴이)의 굿즈를 다 팔아버렸다나요."
"오오."
이런 얘기를 하는 동안 잔이 비었다. 무기가 하이볼

을 두 잔 더 주문했다.

 두 잔째를 마실 때는 책 얘기가 나왔다. 두 사람 다 읽고 있던 책을 갖고 다녀서 서로 보여주기로 했다. 서로의 백팩에서 문고본을 꺼내 상장 수여식처럼 공손하게 교환했다.
 서점 표지를 씌운 무기의 책을 손에 든 키누는 두근거리면서 표지를 펼쳤다. 무기는 키누의 책을 펼친 뒤 "아아—" 하고 말했다.
 "나도 호무라 히로시 책은 대체로 다 읽었어요."
 "나도 나가시마 유는 대부분. 뭐 돈이 없어서 문고로 갖고 있지만요."
 "나도 도서관에서요."
 "좋아하는 작가는요?"
 "지극히 평범해요. 이시이 신지, 호리에 도시유키, 시바사키 도모카, 오야마다 히로코, 이마무라 나쓰코. 물론 오가와 요코, 다와다 요코, 마이조 오타로, 사토 아키도요."

무기는 키누가 단숨에 읊는 작가 이름을 매우 동의한다는 표정으로 깊이 끄덕거리면서 들었다.

무기가 키누 책에 꽂힌 영화 티켓을 발견하고 "아, 하치야 씨도" 하고 말하며 손에 들자, 키누도 무기의 책에서 영화 티켓을 꺼냈다.

"야마네 씨도 영화 티켓을 책갈피로 쓰는 타입이에요?"

"영화 티켓을 책갈피로 쓰는 타입이에요."

거기서부터는 영화와 연극과 개그 공연 얘기. 끊임없이 하이볼이 들어갔다. 취한 두 사람은 옆의 벽에 기대서 얘기를 나눴다.

"루미네 백화점에서 텐지쿠네즈미 공연이 있었는데요."

"맞아요, 맞아요."

"표 예매했는데 못 갔어요."

"나도요."

두 사람은 지갑에서 표를 꺼내 서로에게 보여줬다. 믿을 수 없어서 서로 상대방의 표를 확인했다.

"와아, 정말이다……. 아, 이거 갔더라면 거기서 만났을지도 모르겠네요."

"그러게요. 아, 하지만 만약 갔더라면 오늘은 만나지 못했을지도요."

"그러게요. 그럼 오늘 여기서 만나기 위한 표였던 거네요."

그렇게 말하고 무기는 좀 낯간지러운가 생각했다. 키누가 "아~" 하고 무기 쪽을 보았다. 진지한 얼굴로 눈과 눈이 마주치며 어색한 분위기가 흘렀다. 침묵을 견디지 못한 무기가 "〈순수한 밤의 전파〉라는 라디오……" 하고 말을 꺼냄과 동시에 키누가 "아, 그거……" 하고 말했다.

키누가 무기의 말에 대답했다.

"기쿠치 나루요시 씨가 진행하는?"

"네."

"물론 듣고 있어요."

"미안해요. 지금 무슨 말인가 하려고 했죠?"

"아, 화장실 좀 갔다올게요."

키누는 쑥스럽게 웃으면서 일어섰다. 무기가 화장실 위치를 알려줬다.

복도 쪽으로 걸어가는 키누는 무기가 웃는 얼굴로 자기 뒷모습을 바라보고 있다는 걸 모른다.

무기도 신발장에 나란히 있는 잭 퍼셀 두 켤레를 곁눈으로 본 키누의 한쪽 입가가 조금 올라간 걸 모른다.

화장실에서 돌아온 키누는 무기 옆에 나란히 앉아 벽에 기댔다. 무기가 말했다.

"한때 가스탱크에 빠졌어요. 도내에서라면 다카시마다이라, 로카 공원, 지토세카라스야마, 미나미센주⋯⋯ 여러 곳에 있죠."

키누는 어깨를 맞대고 무기의 스마트폰에 찍힌 가스탱크 사진을 들여다보았다. 정말 가스탱크만 잔뜩 있었다. 똑같아 보이지만 하나하나 개성이 있는 모양이다. 키누는 "우와" 하고 감탄하며 듣고 있었다.

"동영상도 찍은 적 있는데요. 그걸 편집해서⋯⋯."

"영화요?"

"아뇨, 아뇨, 아뇨……."

손을 저으며 부정하는 무기에게 키누가 바로 말했다.

"보고 싶어요."

"아뇨, 아뇨, 3시간 21분이나 돼요. 거의 〈반지의 제왕: 왕의 귀환〉 길이인데 가스탱크만 나와요."

"보고 싶어요, 보고 싶어요. 〈호빗〉보다 흥미 있어요."

"네? 그럼 지금 보러 갈래요?"

"갈래요, 갈래요."

간단하게 결론이 났다. 아니, 진짜? 하고 무기가 키누의 표정을 엿보려 할 때, 키누의 스마트폰이 울렸다. 어서 전화 받으세요, 하고 무기가 몸짓으로 말하자 키누가 자리에서 일어섰다.

키누가 전화를 받으러 복도 쪽으로 나갈 때 손님 세 명이 들어왔다.

"아, 있다. 야마네가 있어. 어째서?"

큰 소리가 나서 무기는 "어?" 하고 놀랐다. 그중 한 사람은 우나이였다.

"어째서? 왜 여기 있는 거야?" 하고 우나이가 무기 앞으로 와서 앉았다. 그렇게 말하고 싶은 건 무기 쪽이었지만.

"아니, 나 노래방에 갔었는데, 우나이, 달 모양이 불길해서 오지 않는다고……."

무기는 횡설수설 말했다.

"무슨 소리야, 그게? 그건 거짓말이지, 거짓말, 뭐야, 뭐야. ……근데 누구랑 같이 온 거야?"

우나이가 무기의 테이블을 보고 물었다. 무기는 "아, 응" 하고 끄덕이면서 입구 쪽을 봤지만, 키누는 보이지 않았다.

"같이 마실래? 좋잖아, 좋지?"

우나이는 그렇게 말한 뒤 같이 온 두 사람, 커플인 듯한 남녀 쪽을 돌아보았다. 남자 쪽이 "마셔요, 마셔요" 하고 손짓했다. 무기는 우나이에게 억지로 끌려가 그들 쪽에 앉았다.

8

키누에게 전화를 한 건 엄마였다. 이틀 연속 아침에 들어온다고 나무라길래 여자친구와 같이 있다고 얼버무렸다. 불쾌한 기분으로 전화를 끊었다.

엄마 탓이 아니다. 무기 탓이었다. 복도로 나올 때, 스치며 들어온 여자가 "야마네" 하고 부르자 기뻐하는 무기의 얼굴을 똑똑히 보았다. 남자는 다들 저런 화려한 여자를 좋아하는구나, 생각했다.

자리로 돌아왔는데 무기가 없었다. 우나이네 테이블에서 얘기를 나누던 무기가 키누를 발견하고 무릎걸음으로 슬금슬금 다가왔다.

"아, 바로 돌아올게요……."

미안한 듯 말하는 무기에게 키누가 차갑게 대꾸했다.

"친구가 재워준다고 연락이 와서요."

키누는 계산서를 보고 지갑에서 2,200엔을 꺼내 테이블에 내려놨다. 백팩과 두루마리 휴지 두 팩을 들고 일어서는 키누를, 무기가 '왜 화내는 거지' 하는 얼굴로 올려다봤지만 키누는 무기를 보지 않았다.

"미안해요, 먼저 갈게요."

완전히 퉁퉁 부은 말투가 됐다.

"실례할게요."

키누는 우나이 테이블에 웃는 얼굴로 인사를 하고 나갔다.

갑작스러운 여자의 변화에 붙들 말도 나오지 않았다. 떠나가는 키누를 멍하니 지켜보고 있는데, 우나이가 "무기, 무기" 하고 불렀다.

"무기하고 말이야. 한 번쯤 제대로 얘기해보고 싶었어."

취한 우나이가 눈을 치뜨고 응석 부리는 목소리로 그렇게 말하자, 저항하기 힘든 파괴력이 있었다.

무기는 드디어 하늘을 날 때가 왔는지도 모른다고 생각했다. 하지만 대체 어느 방향으로 나는 거지…….

이자카야를 나온 키누는 가공의 '친구'를 향해 밤길을 걸었다.

키누도 '나 왜 화낸 거지' 하고 생각했다. 오늘 처음 만난 모르는 사람에게 어째서, 싶긴 하지만 실제로 화가 나는 건 어쩔 수 없었다.

그 사람한테 화가 난 게 아니다. 자기한테 화난 것이다. '대체로 조용히 살고 있고, 흥분하는 일은 그리 많지 않지'라는 걸 깨달았으면서, 이내 뭔가를 기대하는 자기한테.

엉킨 이어폰 줄이 풀리지 않아서 이노가시라선 위의 육교를 짜증내며 걸어가는데, 뒤에서 타다다닥 하는 발소리가 다가왔다. 잭 퍼셀 신발 바닥 소리 같다.

그인가 생각했고, 그일 거라고 생각했지만, 더는 아무 기대도 하지 않았다. 키누는 돌아보지 않고 그대로 걸었다.

"저기요. 저기……."

쫓아온 것은 역시 무기였다.

"모자랐어요?"

키누는 주머니에서 지갑을 꺼내려고 했다. 무기는 말없이 키누의 두루마리 휴지를 한 팩 받아들었다.

"집에 가는 길, 이쪽이어서."

그렇게 말한 무기는 키누와 나란히 걸었다.

"친구 집이 근처여서."

키누가 두루마리 화장지를 빼앗으려고 했지만, 무기는 놓지 않았다.

"아니잖아요. 거짓말인 거 알아요."

"아뇨, 아뇨, 아뇨, 진짜예요."

"아뇨, 아뇨, 아뇨."

"아뇨, 아뇨, 아뇨, 아뇨……."

티격태격하며 서로 두루마리 휴지를 잡아당기고 있는데, 따르릉따르릉 하고 맹렬한 속도로 자전거가 다가왔다. 무기가 키누를 감싸며 공사 현장 임시 벽에 몸을 밀어붙여 자전거를 피했다. 무기는 얼른 몸을 떼고 잠자코 두루마리 휴지를 안았다.

키누는 더 이상 최악의 아침 귀가를 하고 싶지 않았다. 기대가 아니라 부탁으로 말했다.

"……야마네 씨, 나 노래방다운 노래방에 가고 싶어요."

힘없이 중얼거리는 키누의 얼굴을 보았을 때, 무기의 머릿속에서 우나이의 얼굴은 사라졌다.

9

노래방다운 노래방에서 키누는 키노코테이코쿠의 〈크로노스타시스〉를 불렀다.

　편의점에서
　350mL 캔맥주 사서
　너하고 밤 산책
　시곗바늘은 0시를 가리키고 있지

키누가 "크로노스타시스 알아?" 하고 무기 쪽을 보자 무기가 "몰라 하고 너는 말하네" 하며 이어서 불렀다. 두 사람은 "시곗바늘이 멈춰 보이는 현상이야" 하고 함께 노래했다.

LaLaHaHa WowWow……

두 사람은 노랫말처럼 편의점에서 350mL 캔맥주를 사서 마시면서 걸었다.

"크로노스타시스 알아?"

"몰~라."

"시계를 보는데 우연히 생일과 같은 숫자여서, 앗, 하고 놀라는 현상~이야~."

둘은 노래하듯 얘기했다. 키누는 기분이 완전히 좋아졌다. 무기도 기뻐서 예이, 하고 키누와 건배하며 웃었다. 고슈가도를 따라 두루마리 휴지를 한 팩씩 안고 함께 걸었다. 걸어가면서 이마무라 나쓰코의 책 얘기를 했다.

"음, 《여기는 아미코》도 아주 좋아하지만."

"《소풍》!"

"아, 그건 충격이었죠."

"그죠. 이마무라 씨는 그 후 새 작품을 쓰지 않더라고요."

"신작 읽고 싶어요. 요전에요, 전철에 흔들리고 있는데 옆에 앉은 사람이 읽고 있어서……."

무기가 그렇게 말하는 걸 듣던 키누는 '이 사람은 전철을 탔는데, 라는 말을 전철에 흔들리고 있는데, 라고 표현하네'라고 생각했다.

메이지대앞역에서 조후역인 무기네 집까지의 긴 여정. 이날 밤의 두 사람에게는 그것이 조금도 힘들지 않았다.

"나, 어릴 때부터 이해할 수 없는 게 있었는데요."

겨우 센가와 근처까지 왔을 무렵, 키누가 말했다.

"가위바위보에서 가위는 가위고 바위는 바위고 보는 보자기잖아요."

무기는 설마, 하고 생각했다. 키누가 계속했다.

"보자기가 바위를 이길 리 없잖아요. 간단히 찢어질 텐데."

무기는 '나와 같은 생각을 해온 사람을 만났어'라고 생각했다.

10

하염없이 걷다가 드디어 조후역에 도착한 두 사람은 파르코 백화점 앞에서 "골인!" 하며 만세를 불렀다. 그때, 갑자기 비가 후드득 떨어지더니 점점 본격적으로 내렸다. 둘은 두루마리 휴지가 젖지 않도록 가슴에 꼭 껴안고 무기네 집까지 꺅꺅 소리를 지르며 달렸다.

무기는 "들어오세요, 지저분하지만" 하면서 월세 5만 8천 엔짜리 집으로 키누를 들였다.

키누는 "여기 놔도 될까요?" 하고 부엌 바닥에 두루마리 휴지와 젖은 백팩을 내려놓은 다음 코트를 벗었다.

무기가 수건을 가지러 간 동안, 키누는 부엌 벽 쪽에 있는 책장을 보았다. 깔끔하게 정리되어 꽂힌 소설책과 만화책 등표지. 낯익은 제목들뿐이다.

"거의 우리 집 책장 같아요."

키누는 수건을 건네는 무기에게 말했다. 무기는 "아하……" 하고 기쁜 듯한 탄식을 흘리며 웃었다.

약속대로 무기는 아직 아무에게도 보여준 적 없는 '극장판 가스탱크'를 틀었다. 무기와 키누는 나란히 고다쓰에 앉아 노트북으로 가스탱크들을 봤다. 오로지 가스탱크, 이어지는 가스탱크…….

도중에 배가 고파진 무기는 가스레인지에 생선구이용 석쇠를 올리고 주먹밥을 세 개 구웠다. 키누는 "맛있다, 맛있다" 하고 감격하며 두 개를 먹었다. 다 먹고 난 키누는 "5분만 잘게요……" 하면서 고다쓰에 엎드리더니 가장 좋은 장면에서 자버렸다. 무기는 키누의 등에 담요를 덮어줬다. 한 시간쯤 지나 눈을 뜬 키누는 "재미있네요. 그럼 집에 갈게요"라고 말했다.

무기는 '분명히 나한테 정떨어진 거야'라고 생각했다.

키누를 데려다주러 버스정류장까지 갔는데 이미 버스가 와 있었다. 무기는 먼저 뛰어가서 버스 운전사에게 기다려달라고 했다. 키누는 황급히 올라탔다.

"저기, 곧 국립과학박물관에서 미라 전시회가 열려요."

승차구에 서 있는 키누가 돌아보며 말했다.

"혹시 싫지 않다면 야마네 씨도 같이……."

거기까지 말했을 때 버스 문이 닫혔다. 무기는 창 너머로 "갈게요" 하고 입을 크게 움직여서 대답했다.

키누가 안도한 듯 웃는 얼굴로 손을 흔들자 버스가 출발했다. 무기는 멀어져가는 버스를 지켜보면서 안도했다. 그리고 들고 있던 두루마리 휴지를 주지 않았다는 걸 깨달았다.

11

집에 온 무기는 이 두루마리 휴지를 어떻게 할까 생각했다. '미라 전시회에 갈 때 들고 갈까. 아, 그건 좀 아닌가. 그럼 우리 집까지 가지러 오라고 할까. 아냐, 그건 더 안 돼. 그냥 받아둘까.' 어느 쪽이든 상관없는 일로 고민했다.

일단 구석에 두루마리 휴지를 두고 고다쓰 속에 들어갔다. 그가 여기서 잤다. 무기가 덮어준 담요는 키누가 가지런히 개서 그 자리에 두었다. 좀 전까지 이 방에 그가 있었다. 꿈은 아니지만, 현실이라고 생각할 수도 없다.

밤을 샌 뇌는 아직 흥분해 있다. 무기는 스케치북을 펼쳐서 일러스트를 그렸다. 어젯밤에는 그리지 못한 어제 있었던 일. 아침을 먹는 것도 잊고 단숨에 완성했

다. 날짜와 사인을 넣고 마무리. 무기가 그린 것은 책장을 바라보는 키누와 무기의 뒷모습이었다. "거의 우리 집 책장 같아요." 키누가 말했다. 어젯밤의 그 결정적 순간.

물끄러미 그림을 보았다. 완성도가 어떤지는 모르겠지만, 무기는 지금까지 그린 그림 중에서 가장 마음에 들었다.

최악의 아침 귀가가 있다면 최고의 아침 귀가도 있겠지. 도비다큐역에서 내린 키누는 오늘이 그날이라고 생각했다. 두루마리 휴지를 안고 사람들 흐름과 반대로 걷는 기분은 어제와 완전히 달랐다. 이미 높이 뜬 해님의 눈부심조차 자신의 적이 아니란 생각이 들었다.

그러나 집에 오니 어제까지와 같은 현실이 기다리고 있었다. 마침 현관에서 나오던 언니는 "어서 와라" 하면서 키누에게 빈정거리는 시선을 보냈다. 거실로 가니 출근 전인 아빠가 "여보, 키누가 또 아침에 왔어!" 하고 엄청나게 큰 소리로 기쁜 듯이 말했다. 안에서 나온 엄마는 "너, 이런 시간에……" 하고 설교를 하려 했다. 키누는 엄마의 말을 가로막듯이 두루마리 휴지를 떠맡기고 계단을 뛰어 올라갔다.

'아까워. 아까워. 지금 말 걸지 말아줘. 아직 덧쓰지 말아줘.'

2층 자기 방에 들어가서 문을 쾅 닫고 커튼을 쳤다. 목도리만 풀고 코트는 입은 채 침대에 털썩 엎어졌다.

'아직 어젯밤의 여운 속에 있고 싶어. 이럴 때 들을 수 있는 음악이 있었으면……'

눈을 감고 귀를 막은 채 어젯밤 기억을 더듬었다.

'조후역에서 도보 8분 거리에 있는 그의 집에는 여행할 예정도 없는 나라들의 《지구를 걷는 법》이 있고……'

키누가 "거의 우리 집 책장이네요"라고 말한 그 시간으로 돌아간다. 무기의 책장 한쪽에는 《지구를 걷는 법》 시리즈가 나란히 있었다. 미국 서해안, 멕시코, 페루, 인도, 중동……. 물어보니 무기는 아직 어디에도 가본 적이 없다며 웃었다.

책장 앞에 있던 스케치북을 들고 펼쳐보자 무기가 "아, 그거 보지 마세요!" 하고 달려왔다.

"이거 야마네 씨가 그린 거예요?"

"네, 뭐…… 이걸 직업으로 했으면 해서."

키누가 말없이 그림을 보고 있자, 무기는 초조해하며 말했다.

"아, 웃자고 한 말이에요. 웃자고……."

백팩을 메고 도쿄도 현대미술관 앞에 서 있는 청년.

빗속에 길고양이에게 우산을 받쳐주고 머리를 쓰다듬는 청년.

중고 레코드 가게에서 박스에 꽂힌 레코드를 고르는 청년.

모두 무기의 자화상이었다.

키누는 무기의 눈을 똑바로 보며 말했다.

"나, 야마네 씨 그림이 좋아요."

키누는 어젯밤 그 시간을 잊을 수 없을 거라고 생각했다.

'가로등 오렌지 불빛에 도려내져 가랑비가 내리고

있었다. 빗소리를 들으면서 그가 그린 그림을 보고 있는데, 그는 몹시 수줍어하며, 감기 걸려요, 하고 화장실에서 드라이기를 갖고 왔다. 콘센트에 간신히 닿는 드라이기로 내 젖은 머리를 말려줬다. 무언가가 시작되는 예감이 들어 심장이 뛰었지만 드라이기 소리가 지워주었다.'

무기도 생각났다. 키누의 젖은 검은 머리를 드라이기로 말려주던 그 영원 같은 시간을.
'나, 야마네 씨 그림을 좋아해요, 라고 했다. 나, 야마네 씨 그림을 좋아해요, 라고 했다. 나, 야마네 씨 그림을 좋아해요, 라고 했다……'
머릿속에서 줄곧 그 말이 반복됐다. 지금도.
'나, 야마네 씨 그림을 좋아해요, 라고 했다.'
무기는 그런 생각을 하면서 잠들었다. 몇 시간 전에 키누가 자고 있던 고다쓰와 같은 곳에 엎드려서. 눈앞에 열려 있는 노트북 화면에는 국립과학박물관의 '미라 전시회' 사이트가 떠 있다.

12

"많이 기다렸어요?"

뛰어온 무기가 숨을 헐떡거리면서 머리를 숙였다.

국립과학박물관 입구 앞에 서 있던 키누는 인디고블루의 짧은 더플코트를 입고 있다.

무기는 블루 데님 커버올. 신발은 오늘도 나란히 흰색 잭 퍼셀. 안에는 둘 다 회색 후드를 입고, 색이 다른 JAXA의 토트백까지 똑같이 들고 있다. 그야말로 커플룩이다.

"가죠" 하고 미라 전시회장으로 들어가는 키누. 무기는 쑥스러워서 조금 거리를 두고 키누 뒤를 따라갔다.

박물관을 나와서는 패밀리 레스토랑에 갔다. 패밀리 레스토랑은 테이블이 넓어서 좋다. 키누가 미라 전시

회 팸플릿을 펼쳐서 함께 보았다.

"최고였네요."

미라 얼굴이 클로즈업된 사진을 보며 후후후, 하고 기쁜 듯이 웃는 키누.

"우와, 완전 감상도 안 나온다고 할까……."

무기는 미라에 대한 감상보다 미라를 보고 웃는 키누에 대한 감상을 뭐라고 해야 좋을지 알 수 없었다.

"주문하시겠습니까?"

눈매가 시원한 갈색 머리의 젊은 여자 점원이 주문을 받으러 왔다. 키누는 얼른 미라 도록을 접었다. 무기가 드링크 바를 두 개 주문했다.

휴일 밤, 패밀리 레스토랑의 손님이 드물어질 무렵까지 두 사람은 드링크 바에 죽치고 앉아서 끝없이 얘기를 나눴다.

"아, 맞다. 우리 옆집 부부가요, 남편은 무라카미 류랑 똑 닮았고, 부인은 고이케 에이코랑 똑 닮았어요."

"오, 그 집, 캄브리아 궁전(무라카미 류와 고이케 에이코가 진행하는 TV도쿄의 프로그램—옮긴이) 아닌가요."

조용한 가게 안에 두 사람의 웃음 소리가 울렸다. 주변 손님이 모두 돌아간 걸 깨달은 무기는 스마트폰으로 시간을 확인했다.

"슬슬 돌아갈까요."

"네."

함께 일어서서 옷을 챙겨 입는데 키누가 "아, 그러고 보니" 하고 말했다.

"《골든 카무이》 읽었어요?"

"읽었어요. 대박이었죠."

대답하면서 앉는 무기. 두 사람 다 상의를 벗고 얘기했다.

그래서 결국 호시 요리코(만화가)라든가 베이퍼웨이브, 극단 마마고토의 〈나의 별〉 얘기까지 나왔다.

드링크 바를 세 번이나 왔다 갔다 하다 보니 또 전철 막차 시간이 됐다.

두 사람은 게이오선 막차를 타고 왔다. 복잡한 전철 안에서 두 사람의 몸이 밀착됐다. 하지만 아무 일도 없었다. 무기는 조후역에서 내리고, 키누는 혼자 도비다큐역까지 갔다.

 '친구라고 생각하는 걸까?' 키누는 생각했다.

 '그냥 얘기가 잘 통한다고 생각하는 것뿐일까?' 무기는 생각했다.

 그다음 주말에는 식물공원에 갔다. 공원 안 푸드트럭에서 크레이프 랩 샌드위치를 먹고, 또 만화와 소설과 음악과 연극 얘기를 실컷 하고, 무기는 조후로 키누는 도비다큐로 갔다.

 집에 돌아온 무기는 이불에 누워서 스마트폰으로 크레이프 랩 샌드위치와 함께 찍힌 키누의 얼굴을 보며 생각했다.

 '세 번이나 밥을 먹고 고백하지 않으면 단순한 친구가 된다는 얘기가 있던데. 좋아하는 건지 아닌지가 함께 있지 않을 때 그를 생각하는 시간의 길이로 정해진다면, 틀림없이 좋아하는 건데.'

 키누는 자기 방 침대에서 무기가 크레이프 랩 샌드위치를 먹는 사진을 보며 생각했다.

'점원에게 친절한 거나 보폭을 맞춰주는 거나……
포인트라면 이미 충분히 쌓였어.'

키누는 무기에게 라인을 보냈다.

"오늘 즐거웠어요. 다음 주에는 언제 시간 돼요?"

무기는 재빠르게 답장을 보냈다. 다음 주 금요일에 무기가 좋아하는 가스탱크 명소를 가기로 했다.

'다음에는 꼭 고백해야지.' 키누는 생각했다.

'막차 전까지 고백해야지.' 무기는 마음먹었다.

13

둘이서 다카시마다이라에 갔다. 신가시가와강의 강변, 주변의 네모반듯한 주택 단지에 위용을 자랑하듯 거대한 연두색 구체 세 개가 나란히 있다.

"우와, 이건 상상 이상이네요. 내가 너무 우습게 봤어요."

절경 위치인 도쿠마루바시 다리를 달리는 키누. 가드레일에서 몸을 내밀고 가스탱크 삼형제를 바라봤다.

무기는 그의 뒤에서 스마트폰을 들었다.

"걸 미츠 meets 가스탱크."

그렇게 중얼거리며 노을 속 가스탱크를 바라보는 키누의 뒷모습을 찍으려 했는데 키누가 돌아보았다. 가스탱크를 배경으로 이쪽을 바라보는 키누의 동그랗고 귀여운 눈동자.

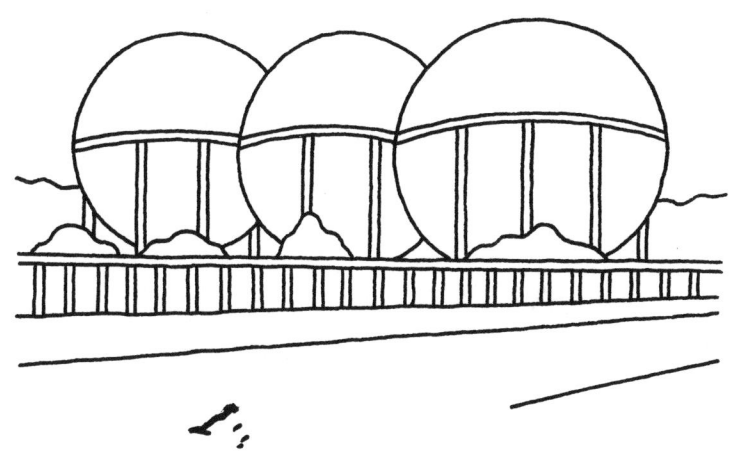

"대박! 멋진 사진 찍었어."

찍은 사진을 보여주자, 이번에는 키누가 스마트폰을 들고 무기를 찍었다. 무기는 브이를 하며 능청을 떨었다. '막차 시간까지 앞으로 여덟 시간.' 키누는 생각했다.

'여기서 분위기를 바꾸자.' 무기는 생각했다.

요전과 같은 패밀리 레스토랑에 갔다. 무기는 파스타를 먹으면서 갖고 온 명화좌(지나간 영화를 상영하는 극장—옮긴이) 상영 예정표를 보여줬다.

"와세다 쇼치쿠의 라인업은 기대할 수밖에 없네요."

"그렇죠, 그리고 시모타카이도 시네마."

잇따라 전단을 꺼내서 보여주는 무기.

'어째서 이런 얘기를 하는 거지.' 키누는 생각했다.

'막차까지 앞으로 세 시간.' 무기는 초조했다.

그러나 드링크 바에 같이 리필을 하러 가서 무기가 꺼낸 화제란…….

"식빵은 5장짜리와 6장짜리, 어느 쪽 좋아해요?"

'안 돼, 안 돼, 그리로 가면 안 돼.' 무기는 후회했다.

'앞으로 두 시간.' 키누는 초조했다.

어떻게 하면 고백 타임 분위기로 끌고 갈 수 있을까. 무기도 키누도 알 수 없었다. 대체 세상 커플들은 어떻게 사귀기 시작했을까. 생각과 다른 화제가 나와 시간만 흘러간다.

그런 두 사람에게 요전의 그 눈매가 시원한 점원이 "저기……" 하고 말을 걸었다. 그가 "괜찮으시면, 이거" 하고 테이블에 내민 것은 밴드의 전단이었다. '어썸 시티 클럽'이라는 밴드로 전단에 있는 사람은 점원인 그였다. 놀란 무기가 말했다.

"정말이다, 같은 사람이야. 밴드 하세요?"

"갓 데뷔했을 뿐이에요. 유튜브 같은 데 있으니까 괜찮다면……."

"들을게요, 들을게요."

스마트폰으로 유튜브를 연 무기는 이건 기회라고 생각했다.

"저기, 뭔가 로맨틱한 느낌의 노래라든가……."

무기의 말을 듣고 키누도 눈치를 챘다.

"말하자면 러브송 계열…… 같은 이런……."

"아, 있어요, 있어요."

두 사람은 그가 추천한 〈Lesson〉이라는 곡을 듣기로 했다. 무기의 스마트폰에 꽂힌 이어폰을 좌우 한 쪽씩 나눠서 귀에 꽂고 들었다.

멋있는 인트로가 흘러나왔다. 무기는 '좋아, 가자' 하고 생각했다. 키누는 '남은 한 시간'이라고 생각하며 무기의 눈을 바라봤다.

그때, "너희들" 하는 소리가 났다. 옆 테이블에서 혼자 노트북을 펼치고 휴대용이 아닌 커다란 헤드폰으로 뭔가 듣고 있던 아저씨가 두 사람에게 말을 걸었다.

"너희들, 음악 좋아하지 않는구나."

갑자기 그런 말을 들은 무기와 키누는 어안이 벙벙해졌다.

"이어폰으로 들으면 L과 R에서 울리는 소리가 다르다고."

야단치는 것 같아서 두 사람은 이어폰을 뺐다.

"미안하지만, 레코딩 믹스 기술이란 건 말이지……."

헤드폰 아저씨는 프로 레코딩 엔지니어였다. 두 사람은 그로부터 약 한 시간 동안 믹싱 기술에 관한 설명을 하염없이 들었다.

한바탕 얘기를 늘어놓은 아저씨는 만족스럽다는 듯 돌아가고, 남은 두 사람은 패밀리 레스토랑 의자에 축 늘어졌다.

"슬슬 막차 시간이네요."

"그러네요."

두 사람이 무득점으로 참패한 팀의 선수들처럼 고개를 떨어뜨리고 나갈 준비를 하는데, 낯선 남자 점원이 와서 "많이 기다리셨습니다. 쇼콜라 파르페 나왔습니다" 하고 테이블 한복판에 커다란 파르페 한 잔을 내려놨다.

"어, 주문 안 했는데요."

무기가 그렇게 말하자 점원은 당황하며 전표를 확인했다.

"……아, 맙소사. 죄송합니다. 전표가 틀려서."

너무 어설픈 느낌의 점원이 파르페를 치우려 하자, 무기가 "앗" 하고 손을 내밀었다.

"괜찮다면 이거……."

무기가 말하자 키누도 점원에게 웃는 얼굴로 말했다.

"먹을게요, 먹을게요."

점원은 "감사합니다!" 하고 몸을 깊숙이 숙이고는 파르페를 두고 갔다.

갑자기 생긴 로스타임 연장.

두 사람의 스마트폰 카메라가 파르페를 향했다. 서로의 화면에 파르페 너머 상대의 얼굴이 보였다.

"하치야 씨."

무기는 화면의 키누를 향해 불렀다.

"네."

키누는 화면의 무기를 향해 대답했다.

"나하고 사귀어주지 않을래요?"

무기는 화면의 키누에게 고백했다.

"네, 부디."

키누는 얼굴을 들어 눈앞의 무기를 똑바로 보고 대

답했다.

무기도 키누와 눈을 마주치고 미소 지었다.

오늘 밤 MVP는 어설픈 점원이었다.

무기는 키누와 함께 막차를 타고 도비다큐까지 갔다. 집 근처까지 키누를 데려다주고 조후까지는 걸어서 가기로 했다.

인적 없는 심야 길. 키누가 신호등 앞에서 "여기까지면 됐어요"라고 했지만, 무기는 "그럼, 저기 밝은 곳까지" 하고 같이 건널목을 건넜다.

키누가 느닷없이 말했다. "개인적으로 흰색 데님은 좀 좋아하지 않아요."

"네?"

"사귀는 사람이 흰색 데님을 입고 있으면 좀 싫어지더라고요."

"알겠어요. 흰색 데님은 입지 않을게요."

"야마네 씨도 이건 좀, 하는 거 있으면."

건널목을 다 건넜을 즈음 키누가 묻길래 무기도 생

각해봤다.

"아아…… 우노 게임 할 때, 지금 우노라고 하지 않았으니까 두 장 가져가, 라고 하는 사람 좋아하지 않아요."

"알겠어요. 그 말은 안 할게요."

거기서 대화는 종료.

"그럼 갈게요."

"잘 자요."

무기가 다시 돌아가려는데 키누가 "빨간색이에요!" 하고 소리쳤다. 무기의 눈앞으로 차가 지나갔다.

건널목의 보행자 신호는 이미 빨간색으로 바뀌어 있었다. 키누는 무기 옆에 서서 신호가 파란색이 될 때까지 같이 기다렸다.

신호는 좀처럼 바뀌지 않았다. 그사이 나란히 선 두 사람의 손이 닿았고, 누가 먼저랄 것도 없이 꽉 잡았다. 얼굴을 마주 보고, 마주 서서 키스했다.

키스하는 동안에도 신호는 여전히 빨간색이었다.

'신호가 아직 안 바뀌었네.' 무기는 생각했다.

'버튼식이니까.' 키누는 알고 있었다.

무기도 그제야 깨닫고 '땡큐, 버튼식 신호등'이라고 생각했다.

키스한 뒤에 키누가 말했다.

"아, 그리고 이런 커뮤니케이션은 자주 하고 싶은 쪽이에요."

"네."

무기가 키누를 끌어당겨 두 사람은 한 번 더 입술을 포갰다.

신호등 버튼은 줄곧 누르지 않았다.

14

사귀기로 한 두 사람은 첫 일주일 동안 하라 미술관에 가고, 닌교마치에서 굴튀김을 먹고, 만화가 타무(태국 출신 만화가—옮긴이)에게 초상화를 그렸다. 나란히 앉은 무기와 키누를 마무앙(망고 캐릭터—옮긴이)이 올려다보는 그림은 무기의 방에서 가장 좋은 자리에 걸어뒀다.

 엄청나게 바람이 센 3월의 밤이었다. 둘이서 무기네 집 고다쓰 위의 노트북 극장으로 시시한 영화를 보다가 너무 지루해서 도중에 자버렸다. 처음으로 잤다. 즉, 섹스를 했다. 키누가 흘리는 소리를 바람 소리가 지워줬다.

 키누는 3일 연속 무기네 집에서 잤다. 학교도 안 가고, 취업설명회에도 안 가고, 대부분 침대에서 보내며 몇 번이고 했다.

무기는 부엌을 보고 '여기서도 했지', 고다쓰를 보며 '여기서도 했지' 생각했다. 3일째가 되던 날 냉장고가 비어서 근처 카페에 팬케이크를 먹으러 가서도 '팬케이크를 먹고 있지만 한 후의 두 사람'이라고 생각했다.

4일째에는 두 사람 다 아르바이트가 있어서 키누는 집으로 갔다.

집에 돌아온 키누가 언제나처럼 스마트폰을 보면서 아침으로 토스트를 먹고 있을 때의 일이다. 인터넷 뉴스를 보다 놀라서 토스트를 떨어뜨렸다. 바닥에 떨어진 건 역시 버터를 바른 쪽이었지만, 그런 건 상관없을 정도로 충격을 받았다.

키누는 몇 년 전부터 '연애 생존율'이라는 제목의 블로그 애독자였다. 그 필자인 메이 씨가 스스로 목숨을 끊었다는 기사였다.

'이 사람은 내게 말을 걸어주고 있어.'

키누는 메이 씨를 그렇게 생각했다. 그가 쓰는 테마는 언제나 같았다.

'시작은 끝의 시작.'

만남은 언제나 이별을 품고 있고 연애는 언젠가 파티처럼 끝난다. 그래서 연애하는 이들은 각자 좋아하는 것을 갖고 와서 테이블을 사이에 두고 수다를 떨며 그 안타까움을 즐길 수밖에 없다고.

그런 메이 씨가 지금 이 연애를 하룻밤 파티로 끝낼 생각은 없다고 쓴 게 1년 전이다.

'몇 퍼센트 안 되는 생존율의 연애에서 살아남을 것이라고 농담처럼 주절거렸던 메이 씨가 죽었다.'

그저 좋아한 작가가 죽었다는 슬픔이나 상실감과는 달랐다. 키누는 마음속에 자기도 잘 알 수 없는 작은 구멍이 뚫린 기분이었다.

무기와 키누는 그다음 주에 시즈오카로 당일치기 여행을 갔다. 키누가 시즈오카의 맛집 '숯불구이 레스토랑 사와야카'의 주먹 모양 함박스테이크를 먹고 싶다고 해서다. 점심때가 지나 시즈오카역에 도착한 두 사람은 해안가에서 산책을 했다.

여행 기념 사진은 언제나 스마트폰이 아니라 일회용 필름 카메라로 찍었다. 니가타 출신인 무기는 "동해와 태평양은 다르네" 하면서 멀리 수평선을 바라보았다. 키누는 그런 무기의 옆얼굴을 바라보았다.

즐거워야 할 여행 동안에도 키누 마음에 송송 뚫린 작은 구멍. 문득문득 메이 씨가 생각났다.

'연애의 죽음을 본 걸까. 그 죽음을 따라 죽은 걸까. 상상에 지나지 않지만……'

고개를 숙이고 발밑을 보았다. 밀려드는 파도에 젖은 자신의 잭 퍼셀 발끝을 필름 카메라로 찍었다.

그러다 고개를 들었는데 무기가 없었다. 주위를 둘러봤지만 아무도 없었다. 철 지난 넓은 모래사장 어디에도 무기의 모습이 보이지 않았다.

"무기? ……무기! 무기!"

불안해진 키누는 큰 소리로 무기의 이름을 불렀다. 그러자 소나무 숲 너머에서 무기가 "키누, 이거 봐" 하고 태평스럽게 말하며 달려왔다. 그는 양손에 플라스틱 그릇을 들고 있었다.

"시라스동(잔멸치 덮밥—옮긴이) 사왔어. 시간이 아슬아슬해서 겨우 샀어. 봐, 엄청 맛있어 보여."

키누는 칭찬해달라는 듯 말하는 무기에게 화가 났다.

"말도 없이 사라지지 마."

"미안."

무기는 사과하지만 미안한 기색이 조금도 없다. 그는 "저기서 먹자" 하며 웃고 있다.

해안 공원 벤치에서 시라스동을 먹은 뒤 바람을 피해 모래사장에 있는 폐선 뒤에 앉아 저물어가는 해를 바라보았다. 무기가 뒤에서 키누를 껴안고 둘이 나란히 노을을 봤다. 키누는 행복한 기분에 감싸여서 또 메이 씨를 생각했다.

'거기에 내 연애를 포갤 생각은 없어. 다만 우리의 파티는 지금 최고의 분위기 속에 시작됐다는 것뿐.'

해가 지고 사와야카에 가니 줄이 길었다. 두 사람은 줄을 서서 기다렸지만, 가게 안의 대기 손님용 의자까지도 차례가 한참 멀었다. 유명 맛집을 무시하는 게 아

니라 시간이 없었다.

"키누, 슬슬 가야 신칸센 시간 맞을 거야."

무기가 차표를 보고 말했다.

"그래, 다음에 다시 올까."

두 사람은 메뉴에 있는 육즙 듬뿍 고인 주먹 함박스테이크 사진을 원망스럽게 보며 가게를 뒤로했다.

키누는 무기의 집에 스스럼없이 들락거렸고 반동거 상태가 됐다. 키누가 인화한 시즈오카 여행 사진을 정리하는 사이 무기는 나폴리탄 스파게티를 만들었다. 무기가 "다 됐어" 하며 고다쓰 위로 접시를 날랐다.

키누가 종일 펴놓는 이불 위에 사진을 늘어놓았고 무기는 그중 한 장을 손에 들고 물었다.

"이 꽃 자주 보이던데 무슨 꽃이야?"

"마……."

키누는 말을 하려다 그만뒀다.

"응?"

"여자가 꽃 이름을 가르쳐주면 남자는 그 꽃을 볼 때

마다 평생 그 여자를 떠올린대."

'메이 씨가 그랬어.'

"에이, 뭐야, 그게. 그럼 가르쳐줘."

"가르쳐줄까나."

키누는 장난스럽게 말하고 부엌 쪽으로 도망쳤다. 어이어이, 하고 무기가 쫓아왔다. 무기가 보고 있던 것은 흰색 마거릿 꽃 옆에서 뒹구는 키누와 무기의 사진이었다.

15

사귄 지 몇 개월이 지난 초여름, 두 사람은 무기의 선배가 하는 사진전에 갔다. '아오키 가이토 사진전'이라는 포스터가 붙은 갤러리에 들어가자 풍경도 인물도 아닌 추상적인 아트 계열 사진이 나란히 걸려 있었다. 어떻게 봐야 좋을지 모를 수수께끼라고 생각하며 아리송한 얼굴로 보고 있는데, 안쪽에서 "무기!" 하고 불렀다. 선배와 무기의 친구, 관계자 들이 있는 테이블로 가서 무기가 키누를 소개했다.

"키누입니다."

처음으로 무기의 친구와 지인을 만난 키누는 경직된 미소를 지으며 "처음 뵙겠습니다" 하고 인사했다.

"어, 무슨 사이야?"

"여자친구예요."

무기가 바로 대답해서 키누는 공식적으로 여자친구 데뷔를 했다. 오오, 하는 환성. 아까 무기를 부른 남자가 "제법인걸" 하는 식으로 무기의 어깨를 쳤다.

정면에 있는 검은색 모자에 검은색 탱크톱에 다박수염을 기른 남자가 "작품 어때요?" 하고 물었다. 키누는 그가 아오키 가이토 씨라는 걸 바로 알아차리고 "굉장히 멋있어요"라고 대답했다. 가이토 선배 옆에는 머리가 긴 여자가 있었는데, 두 사람 어깨에는 서양 신화에 나오는 괴물 같은 그림의 커플 타투가 있었다.

둘러보니 가이토 선배도 후배 남자 두 사람도 모두 검은 모자를 쓰고 있다. 타투 여자가 키누에게 말했다.

"여기 이 사람들 왜 다 검은색 모자를 쓰고 있나 생각하고 있죠?"

"……좀."

"자의식이 강한 사람일수록……."

"챙이 넓죠."

키누의 말에 타투 여자는 "맞아, 맞아, 맞아" 하고 기쁜 듯이 끄덕이며 무기의 팔꿈치를 찔렀다.

"나 이 사람 마음에 들어. 무기, 좋은 여자친구 만났네."

이렇게 해서 타투 여자, 가와기시 나나와 키누는 친구가 됐다. 나나가 "사진 좀 찍어줘" 하고 말해서 가이토 선배가 일안렌즈로 무기와 키누의 투 샷을 찍어줬다.

돌아오는 전철에서 가이토 선배와 나나 얘기를 했다.
"절대로 헤어지지 않을 거라는 자신이 없으면 커플 타투는 못 하겠지."
"키누는 자신 없어?"
"무기가 바람피울 가능성도 있고 말이야."
"응?"
무기는 후후후, 하고 웃는 키누의 옆얼굴을 보며 '나는 너를 울리지 않을 거야'라고 속으로 맹세했다.

그러나 이윽고 본격적인 여름이 왔을 때, 무기는 처음으로 키누의 눈물을 봤다.

키누는 에어컨도 없고 방충망으로는 바람보다 매미 소리만 들어오는 무기네 집 책상에 앉아서 열심히 이력서를 썼다. 늑장 부린 시간을 채우기 위해 매일 자는 시간까지 쪼개 열심히 취업 준비를 했다. 무기가 키누에게 해줄 수 있는 일은 아이스 커피를 내려주는 것 정도였다.

무기는 머리를 포니테일로 묶고 검은색 정장을 입고 나가는 키누를 베란다에서 지켜봤다. 키누는 아파트 뒤쪽에 멈춰 서서 벗겨진 뒤꿈치에 반창고를 붙이고, 익숙하지 않은 펌프스를 다시 신었다. 무기가 브이를 그려 보이자, 키누도 웃는 얼굴로 주먹을 쥐어 보이고는 꼿꼿하게 등을 펴고 걸어갔다.

온 나라 여자 대학생이 클론처럼 똑같은 차림을 하고 있지만, 인사 담당자들은 개성을 요구한다. 이 인생의 모순, 웃기지도 않는다.

그런 날들이 이어지던 어느 날 밤, 무기는 혼자 집에서 일러스트를 그리고 있었다. 혼잡 속에서 혼자 걷는 자신의 그림. 최근에는 키누와 데이트도 하지 못했다. 묵묵히 색칠을 하고 있는데 스마트폰이 울렸다. 키누였다.

"면접 어땠어?"

"응. 그럭저럭."

키누의 목소리는 차가웠다. 자기가 걸었으면서 말이 없다.

"그렇구나."

"무기, 뭐 하고 있었어?"

"그림 그리고 있었어. 가이토 씨가 출판사 사람 소개해줄 테니까 작품 준비해두라고 해서."

"그렇구나. 잘해봐. ……그럼 잘 자."

"잘 자. ……잠깐만, 잠깐만, 키누."

힘이 없는 키누의 목소리가 마음에 걸렸다.

"응?"

"키누, 혹시 지금 울어?"

무기는 심야의 신주쿠 지하도를 달렸다. 퇴근하는

샐러리맨들의 인파를 뚫고 찰싹찰싹 슬리퍼 소리를 울리며 달렸다.

지하철 개찰구 앞, 정장을 입은 채 기둥에 기대 선 키누가 있었다. 무기가 달려가자 키누는 코를 킁 풀고 흐느껴 울었다.

"그런 차림으로 전철을 탄 거야?"

울음 섞인 목소리의 키누가 무기의 발을 보며 쓴웃음을 지었다. 무기는 집에서 입는 티셔츠에 반바지, 슬리퍼 차림으로 가방도 없이 양손에 지갑과 스마트폰만 쥐고 달려온 것이다. 무기는 아무 말도 하지 않고 키누를 껴안았다. 키누는 무기의 어깨에 기대 울었다.

그날 밤, 무기는 처음으로 알았다.

'키누는 매일 압박 면접을 보고 있구나.'

무기가 울린 건 아니다. 하지만 그는 알아주지 못했다.

압박 면접 사례도 여러 가지가 있다. 원래는 학생의 본심을 이끌어내거나 즉흥적인 대응력을 보려고 일부러 감정을 건드리는 질문을 던지는 게 면접관의 기술처럼 널리 퍼졌다. 실험이었다고 해도 피실험자의 인권을 침해하고, 심지어 단순히 면접관의 자기 과시거나 괴롭힘이라면 언어도단이다.

튀김과 소면을 수북이 담은 접시를 테이블에 올려놓을 때까지도 무기의 분노는 가라앉지 않았다.

"이런 시스템이 버젓이 통용되는 일본은 미쳤어."

"왜 무기가 화내는 거야. 어쩔 수 없잖아. 내가 부족한걸."

키누는 속상한 마음을 털기 위해 손을 씻으려고 일어섰다.

"키누는 부족하지 않아. 뭐야, 그 면접관."

"높은 사람이야."

"높은지 어떤지 모르겠지만, 그 사람은 분명히 이마무라 나쓰코 씨의 《소풍》을 읽어도 아무것도 느끼지 못하는 사람일 거야."

"그런 말, 취업에 도움 안 돼."

키누는 또 어두운 얼굴로 돌아와 테이블 앞에 앉았

다. 소스 종지를 두 개 갖고 온 무기가 여전히 화난 듯 말했다.

"취업 따위 하지 않아도 돼. 하고 싶지 않은 일은 하지 않아도 돼."

"집에 가면 시끄럽단 말이야. 우리 엄마 아빠한테는 졸업하고 취업 안 한 사람은 반사회 세력이니까."

"그럼 여기서 살면?"

즉흥적인 무기의 말에 키누는 "그건" 하고 가볍게 웃었다.

"같이 살자."

무기의 진지한 얼굴을, 키누는 입에 국수를 문 채 바라봤다.

16

"키누, 키누!"

베란다에 나간 무기가 흥분한 목소리로 말했다. 키누도 베란다 난간으로 몸을 내밀고 "오오!" 하며 환성을 질렀다.

"그렇지? 대박이지?"

눈앞에 다마가와강이 흐르고 있다. 시야를 가리는 것은 아무것도 없이 강가의 신록만 가득하다. 둘이서 "오!" 하고 소리쳤다.

이왕 같이 살 거라면 새집으로 이사하는 게 좋을 것 같아 무기와 키누는 집을 찾기 시작했다. 전에 살던 다세대주택보다 넓어야 하는 것은 절대 조건이고, 목조가 아니면 좋겠고, 가능하면 역에서 가깝고, 가능하면 지은 지 오래되지 않은…… 하고 희망 사항을 말하다

보니 끝이 없었다. 예산에는 한계가 있고. 마이홈 찾기가 낭만과 사실주의의 줄다리기라고 한다면 도쿄에서는 사실주의가 압도적으로 우세하다. 낭만을 포기할 수 없는 두 사람이 몇 군데 둘러보다 온 곳이 이 낡은 맨션이었다.

"여기에 우드 패널을 깔고."

무기가 베란다 바닥을 따라 양팔을 활짝 벌렸다.

"테이블과 의자를 놓고."

키누도 팔을 벌렸다. 두 사람 눈에는 이미 새로운 꿈의 생활이 시작됐다.

"아, 근데 역에서 도보 30분입니다."

부동산 중개인의 말에도 두 사람은 전혀 개의치 않았다. 역에서 멀다. 건물도 낡았다. 도어락도 와이파이도 자동급탕기도 없다. 그러나 벽 한 면 가득한 창, 넓은 베란다 그리고 드넓은 하늘과 다마가와강이 있다. 낭만이 이겼다.

둘이서 더블 침대를 사고, 둘이서 갈색과 흰색과 초

록색 커튼을 달고, 둘이서 앤티크 조명을 달고, 둘이서 베란다에 우드 패널을 깔았다. 게이오선 조후역에서 도보 30분, 다마가와강이 보이는 집. 두 사람의 생활이 시작됐다.

나란히 잭 퍼셀을 신고 근처에서 장보기. 무기는 두루마리 휴지를 안고 키누는 꽃다발을 안고 걸었다. 상점가 변두리에 베이커리 기무라야라는 오래된 빵집이 있었다. 창으로 들여다보니 세월이 묻은 나무 선반에 야채 빵이 진열돼 있다. 야키소바 빵을 사서 먹으며 다마가와 강변을 걸어 집에 왔다.

키누는 블로그에 '10월 29일, 집 근처에서 야키소바 빵이 맛있는 노부부의 빵집을 발견했다'고 썼다.

무기의 변화는 2인 생활이 된 것뿐만이 아니었다. 가이토 선배가 소개해준 출판사는 무리였지만, 다른 루트로 일러스트 그리는 일을 시작했다. 새로 산 책상에서 무기는 열심히 일러스트를 그렸다.

무기는 일기에 '11월 1일, 웹사이트에서 일러스트

그리는 일을 한 컷 천 엔에 시작했다'고 썼다.

같은 11월 1일. 키누는 아이스크림 가게에서 아르바이트를 시작했다. 앞치마를 두르고 모자를 쓰고 주문받은 플레이버 아이스크림을 콘에 뜬다. 웃는 얼굴로 접객하는 키누 뒤에서 여자 점장과 남자 아르바이트생이 뭔가 은밀한 짓을 하고 있다. '점장과 아르바이트생이 불륜 행위를 하고 있다'는 말은 블로그에 쓸 수 없었다.

아르바이트를 마친 키누가 조후역에서 나오면, 무기가 역 앞 광장 가로등에 기대 문고 책을 읽으며 기다리고 있다. 스타벅스 커피를 테이크아웃해 마시면서 다마가와 강변을 걸어 집에 온다. 그런 매일이다. 도보 30분 여정이 무엇보다 소중한 시간이 됐다.

12월 24일. 둘이 살기 시작한 뒤 처음 맞는 크리스마스. 편의점에서 작은 케이크를 두 개 샀다.

"메리 크리스마스."

크리스마스 선물을 교환했다. 처음 만난 날, 문고 책

을 교환할 때처럼 두 사람은 상장 수여하듯 양손으로 선물 꾸러미를 내밀었다.

무기가 키누에게 준 선물은 블루투스 이어폰이었다.

키누가 무기에게 준 선물은 블루투스 이어폰이었다.

"고마워."

둘은 얼굴을 마주 보며 웃었다. 이제 이어폰 줄이 엉킬 일은 없다.

12월 29일. 침대에서 과자를 먹으며 함께 《보석의 나라》를 읽었다. 2012년부터 잡지에 연재된 장편 판타지 만화의 5권이 지난달에 나왔다. 부산스럽게 한 해가 저물어서 이제야 겨우 읽었다. 무기는 페이지를 넘기고, 키누는 얼굴을 맞대고 들여다보았다. 두 사람 다 한 손에서 휴지를 놓지 못했다. 엄청나게 울었다.

12월 마지막 날. 두 사람 다 본가에는 가지 않았다. 무기가 마룻바닥을 걸레질하고, 키누가 이불을 베란다에 널고 둘이서 대청소를 했다.

밤에는 건면을 삶아서 도시코시 소바(12월 마지막 날에 먹는 메밀국수—옮긴이)를 먹었다. 0시가 되어 새해가 밝았을 때, 근처 신사에 새해 첫 참배를 하러 갔다.

경내의 등롱 아래 종이 상자가 있었다. 키누가 뭐지, 하고 보니 뚜껑 안에 '누군가 키워주세요. 부탁합니다' 하고 손으로 쓴 글씨. 안을 들여다보니 조그맣고 까만 새끼 고양이가 "야옹" 하며 얼굴을 들었다. 둘이서 보낸 첫해 마지막 날에 고양이를 주웠다.

2016

17

2016년, 키누와 무기가 새해에 제일 먼저 한 일은 고양이에게 이름을 지어준 것이었다. 무기는 '고양이에게 이름을 지어주는 일은 참으로 고귀한 일'이라고 생각했다.

고양이 이름은 바론이라고 지었다.

키누가 "바론, 밥 먹자" 하고 부르면 바론이 쪼르륵 달려온다. 두 사람은 캣 푸드 깡통을 드시는 작은 남작님을 질리지도 않고 바라봤다. 무기는 바론 그림을 잔뜩 그렸다.

봄, 두 사람 다 직장을 구하지 못한 채 대학을 졸업해 프리터가 됐다. 무기가 언제나처럼 책을 읽으며 역 앞 광장에서 기다리고 있으니 아르바이트를 마친 키

누가 토다다닥 뛰어왔다.

"이거 봐, 키누. 창간 잡지 같은데."

무기는 키누의 얼굴을 보자마자 자신이 들고 있던 책을 보여줬다. 오늘은 문고 책이 아니라 문예지였다.

"봐. 이마무라 나쓰코 씨의 신작이 실렸어."

"말도 안 돼. 정말이네?"

키누는 잡지를 들고 잡아먹을 것처럼 들여다보았다. 갓 나온 문학 무크지, 〈먹는 게 느려〉 창간호에 2년 만에 나온 이마무라 나쓰코의 신작 〈오리〉가 실렸다. 둘이서 가로등 아래에 선 채 읽었다.

키누는 블로그에 '4월 13일, 이마무라 나쓰코의 신작을 읽었다'고 썼다.

6월 3일, 두 사람은 후추역 '구리바야시'의 만두를 사와서 평일 낮부터 맥주를 마셨다. 프리터여서 부릴 수 있는 사치다. 만두를 먹고 캔맥주를 마시는 무기 옆에서 키누는 노트북을 보고 있었다.

"이것 좀 봐봐. 이 사람……."

키누가 유튜브 화면을 내밀었다. 밴드의 뮤직비디오. 에스컬레이터에서 노래하는 여성 보컬을 부감으로 잡은 장면이었다. 그런데 그 얼굴이 낯익었다.

"패밀리 레스토랑 점원!"

그 패밀리 레스토랑 점원이었다.

"맞지? 대박, 대박, 대박."

"와아, 춤 잘 춘다. 이런 사람이었나."

노래하고 춤추는 그는 완전히 프로의 얼굴이었다. 금발로 염색한 패밀리 레스토랑 점원은 PORIN이라는 이름으로 완전히 인기 스타가 됐다. 시간은 눈 깜짝할 사이에 흘렀다. 두 사람의 무릎에서 장난치는 바론도 거의 성묘가 됐다. 무기와 키누만 프리터인 채로였다.

무기는 웹사이트의 일러스트 일을 계속했다. 의뢰에 따라 지금껏 그리던 흑백 일러스트뿐만 아니라 화려한 일러스트도 그렸다.

어느 날, 책상에 앉아 수성 마카로 열심히 색 입히는 작업을 하고 있는데 라인 착신음이 울렸다.

거래처에서 온 메시지였다. "칼럼 페이지 컷 세 장 추가 부탁합니다. 고료는 천 엔입니다."

"어?" 하고 생각하다 무기는 "한 컷에 천 엔인가요?" 하고 답장했다.

바로 "세 컷에 천 엔입니다"라는 답장이 왔다.

너무하다고 생각했지만 자기는 아직 세미프로. 아니, 거의 아마추어에 지나지 않는다. 일을 주기만 해도 감사한 입장이다.

무기는 천장을 보며 우우, 하고 신음한 뒤, "알겠습니다!"라고 답장했다.

무기가 펜을 놓고 깊은 한숨을 쉬고 있을 때, 현관문이 덜컹 열리며 키누가 들어왔다.

"어떡하지, 내일 우리 부모님 오신대."

집에 오자마자 키누는 화난 얼굴로 말했다.

"엉?"

"조심해. 우리 부모님 둘 다 가치관이 찐 광고쟁이들이니까."

가족 얘기만 나오면 키누는 독설을 한다. 무기는 숙

연하게 키누의 부모님을 대처하는 법 강의를 들었다.

다음 날, 하치야 요시아키, 사치코 부부는 딸이 남자친구와 동거하는 임대 주택을 찾았다. 키누와 무기가 부모님이 알아서 주문한 파티 세트를 차린 뒤, 네 사람은 테이블을 둘러싸고 앉아 와인으로 건배했다.

"사회에 나가는 건 목욕하러 들어가는 거랑 같은 거야."

사치코가 와인잔 테두리를 손가락으로 닦으면서 묘한 비유법으로 얘기를 시작하자 키누가 바로 차단했다.

"식탁에서 프레젠테이션하지 마."

요시아키는 자리에서 일어나 거실 선반에 진열해놓은 CD를 보고 있다.

"자네는 원오크(4인조 록밴드 '원오크록'—옮긴이) 같은 건 안 듣나?"

요시아키의 말에 무기가 돌아보며 "듣습니다" 하고 대답했다. 좋아하지도 싫어하지도 않고 자주 듣지도 않지만, 전혀 흥미가 없는 것도 아니다.

"표 끊어줄 테니 둘이 원오크 콘서트 다녀와, 원오크."

무기는 '젊은이 앞에서 원오크라는 말을 해보고 싶은 것뿐이구나' 생각하고 "원오크" 하며 미소로 대답했다.

"요즘 내가 올림픽을 하고 있는데 말이지."

"올림픽을 하는 건 선수들이지, 광고 회사가 아냐."

의기양양하게 얘기를 꺼내던 아빠는 딸의 공격에 입을 다물었다.

고집스러운 엄마는 아까 키누가 차단한 얘기를 멋대로 계속했다.

"굳이 대기업에 취직하란 얘긴 아냐. 평범하게 일만 해준다면. 사회에 나가는 건 목욕하러 들어가는 거랑 같아. 들어가기 전에는 귀찮지만 하고 나오면 아아, 하길 잘했다, 그렇게 생각하게 돼."

사치코의 얘기에 무기가 "정말 그렇군요" 하고 끄덕였다. 키누가 무기의 소매를 잡아끌더니 귓속말로 "이게 광고 회사의 수법이야"라고 했다.

"인생이란 책임이야."

사치코가 협박조 잔소리를 내뱉었을 때, 요시아키의 스마트폰이 울렸다. 요시아키는 기쁜 듯이 "아, 히로씨네" 하고는 "오, 안녕하십니까"라고 말하며 베란다로 나가 긴 통화를 했다.

어쨌든 무기는 키누 부모님이 웃는 얼굴로 하는 압박 면접을 간신히 넘겼다.

무섭게도 그러고 3일 뒤, 무기의 아버지 고타로가 니가타의 나가오카에서 갑자기 상경했다.

그날 밤은 고타로가 초밥을 배달해서 거실의 낮은 탁자에 책상다리를 하고 앉아 맥주로 건배했다. 고타로가 낮은 탁자에 올려놓은 스마트폰에서 〈주피터〉가 흘러나오고 있었다. 고타로는 나가오카 부흥 기원 불꽃놀이 영상을 틀어놓고 맥주를 마셨다.

"너도 나가오카 사람이라면 불꽃놀이 이외의 것은 생각도 하지 마라."

"무슨 엉터리 소리."

"도쿄 불꽃놀이는 유치해. 빨리 나가오카로 돌아와."
아버지의 명령조에 아들은 사소한 저항을 했다.

"하고 싶은 일도 있고."

무기는 자신이 그린 일러스트를 내밀었다. 고타로는 흥미 없다는 듯이 흘끗 보더니 아무 감상도 없이 일러스트를 돌려줬다.

"그렇다면 생활비를 끊겠다. 차라리 그 돈을 불꽃놀이 기부금으로 낼 거다."

고타로는 농담처럼 웃었지만, 무기는 아버지가 진심이란 걸 알았다. 묵묵히 듣고 있던 키누도 무기의 안색으로 알아차렸다.

고향에서 보내주는 생활비 5만 엔이 불꽃이 돼버려서, 다음 날부터는 도보 30분 여정에 스타벅스 커피를 마실 수 없었다.

"가이토 선배 촬영을 도와주기로 했어."

"우와, 나나 씨도 보고 싶다."

두 사람은 편의점 커피를 마시면서 돌아왔다.

18

원통형 수조 속에서 해파리가 하늘거렸다.

"더 아래에서. 가까이. 왼손은 그대로."

무기는 가이토 선배의 지시에 따라 양손에 든 LED 손전등을 움직였다. 어린이도 할 수 있을 것 같은 간단한 일이었지만, 멋있게 말하면 조명 조수려나.

촬영을 마친 선배는 컴퓨터로 해파리 사진을 체크했다. 무수한 컷 중 어느 것이 합격인지 무기는 잘 모른다. 기재를 정리하던 무기가 무심코 물었다.

"오늘 나나 씨는……."

"긴자. 그 녀석, 노인네들을 잘 굴리거든."

"아……."

무기는 어렴풋이 이해했다.

"뭐, 잠깐이야. 나 지금 오가와 씨라는 크리에이터에

게 인정받고 있고, 광고 일 들어오면 돈도 생길 거고."

선배가 돌아보며 펜 잡는 시늉을 하고 말했다.

"무기, 이쪽은?"

"최근에 단가가 떨어져서……."

선배는 입가에 히죽 웃음을 지으며 쓸쓸한 얼굴로 고개를 숙인 무기에게 다가왔다.

"나나한테 말하면 키누 씨도 가게 소개해줄 거야."

"네?"

무기는 엉겁결에 진지해졌다.

"지지 마. 협조성이니 사회성이니 재능의 적일 뿐이야."

무기는 아무 대답도 하지 않았다. 멋있는 척하는 가이토 선배의 대사가 멋있다고 생각할 수 없었다.

집에 가는 발걸음이 무거웠다. 무기는 나나를 긴자에서 일하게 하고 크리에이터로 사는 삶을 얘기하는 가이토를 생각했다. 〈정열 대륙〉(각계각층의 유명인을 밀착 취재하는 형식의 TV 프로그램—옮긴이)에 출연했다고 해서 멋있게 보이는 줄 아나.

도보 30분 거리를 40분 이상 걸어 집 앞까지 왔을 때, 라인이 왔다.

"수고 많으십니다. 다음 일러스트, 세 컷 천 엔에 부탁합니다."

맨션 계단 앞에서 무기는 한숨을 쉬며 벽에 기댔다. 잠시 생각하다 답장했다.

"죄송합니다. 한 컷 천 엔에 주시기로 했던 것 같은데요."

할 말은 해야겠다고 생각했다. 전부터 생각하던 말이었다.

바로 답장이 왔다.

"그러면 그냥 일러스트야 쓰겠습니다. 수고하세요."

쓴웃음을 지을 수밖에 없었다. '일러스트야'는 일러스트 무료 제공 사이트다. "괜찮습니다"라는 말을 이럴 때 쓰는 거였나.

협조성과 사회성이 재능의 적이라면 무기는 적으로부터 재능을 지켜야 한다. 지켜야 할 재능이 있다면 말이지만.

무기는 소파에 앉아서 드라이기로 키누의 뒷머리를 말려줬다. 바론은 높은 스툴에 올라가 몸을 웅크린 채 먼 산을 보고 있다. 무기가 드라이기를 끄고 말했다.
"키누, 있잖아. 나, 취직할래."
"응?"
키누가 눈을 동그랗게 뜨고 돌아봤다.
"좀 늦었지만, 취업 준비 시작할래."
"그림은……?"
"그림은 일하면서도 그릴 수 있고, 먹고살 만해지면 다시 그려도 되고."

무기는 드라이기를 정리하면서 아무렇지 않은 척 말했다. 이미 결정한 것이니 "그렇구나"라고 가볍게 받아주면 된다.

그러나 키누는 가볍게 흘려들을 수가 없었다.
"우리 부모님이 그렇게 말해서?"
"아냐, 아냐. 줄곧 글을 쓰지 않던 이마무라 씨도 신작을 썼잖아.〈오리〉, 재미있었어. 패밀리 레스토랑의 그분 PORIN 씨도 지금 대단하잖아. 나도 그렇게 돼야겠다는 생각이 들어서. 안 돼?"

안 될 건 없지만 아르바이트 하면서 그림을 그리는 것과 취업해서 그리는 건 좀 다를 것 같다고 키누는 생각했다.

"안 될 건 없지만, 이 느낌 이대로 줄곧 이어질 줄 알았는데."

"계속 이럴 거야. 취직한다고 달라질 건 아무것도 없어. 돈이 없으면 책도 살 수 없고 영화도 볼 수 없잖아."

"그렇긴 하지만."

"나, 일할래."

무기는 안심시키듯 웃는 얼굴로 말했다.

이번에는 무기가 머리를 자르고 정장을 입었다. 키누는 맨션 베란다에서 무기를 배웅했다. "다녀와" 하고 손을 흔드는 키누에게 무기는 "다녀올게!" 하고 주먹을 들어올렸다.

무기가 취업 준비를 하러 간 뒤, 키누는 방에서 부기 2급 인터넷 강의 안내서를 읽었다. 키누도 빨리 프리터를 졸업해야 한다고 생각했다.

'그 여름, 〈신 고질라〉가 개봉해도, 《골든 카무이》 8권이 나와도, 신카이 마코토가 갑자기 포스트 미야자키 하야오로 부상해도, 시부야 파르코 백화점이 휴업해도, 우리의 취업 준비는 계속됐다.'

키누는 2016년 여름을 그렇게 기억했다.

가을이 돼도 두 사람은 취업하지 못했다. 키누는 인터넷 강의를 들으며 매일 밤 열심히 부기 공부를 했다. 무기는 기업 자료를 읽거나 자기소개서를 쓰면서 '평범해지는 게 어렵네' 하고 생각했다.

그리고 12월, 키누는 번화가에 있는 대형 치과 클리닉에 경리로 합격해서 새해부터 출근하게 됐다.

유튜브에는 어썸 시티 클럽의 신곡 〈오늘 밤만 실수가 아닌 걸로 해줄게〉 뮤직비디오가 올라왔다. 핑크 머리의 PORIN이 노래를 부르고 있다.

'부기 2급 자격을 딴 키누가 취업해도, 패밀리 레스토랑 점원의 머리가 핑크가 돼도, 스마스마(SMAP이 진행한 TV 예능 프로그램—옮긴이)가 마지막 회를 해도, 나는 여전히 취업을 못 했다.'

무기는 2016년 연말을 그렇게 기억했다.

작년 12월 마지막 날에 신사에서 데려온 바론은 까맣고 멋진 성묘가 됐다. 그 후로 1년, 키누는 사회인의 길을 걷기 시작했다.

무기만 프리터인 채로 취업에 힘썼다. 무기는 '키누는 1월부터 출근하기 시작했다. 나도 올해 안에 취직하고 싶다' 하며 초조해했다.

밤새 애쓰는 무기의 등 뒤에서 키누는 '꼭 합격하기를' 하고 기도했다.

그러나 두 사람과 고양이 한 마리는 별일없이 그대로 해를 보냈다.

2017

19

키누는 치과 클리닉에서 경리 외에 접수 업무도 하며 매일 담담하게 일을 해냈다. 직장에는 키누 같은 사무직 직원과 치과 위생사 등 젊은 여성이 많다. 선배들은 정시에 일이 끝나면 퇴근 후 활동을 열심히 하는 것 같았다.

금요일 초저녁, 키누가 "먼저 가보겠습니다" 하고 퇴근하려 하자, 현관 앞에서 화장을 고치던 선배 둘이 말을 걸어왔다.

"하치야 씨는 매번 개인플레이네."

요컨대 같이 어울리지 않는다는 의미인가. 직장 커뮤니케이션은 중요하다. 키누가 손을 들며 대답했다.

"가겠습니다."

"아, 갈래? 긴자 코리드 거리. 명함 모으기."

두 사람은 의미심장한 미소를 지으며 그렇게 말했다.

언제부턴가 긴자 코리드 거리는 헌팅의 성지로 불리게 됐다. 밤의 긴자는 고급 클럽에 회사 중역이나 거물급 연예인이 모이는 어른의 거리 이미지였지만, 캐주얼한 바나 레스토랑이 많아진 선로변 코리드 거리에는 젊은 남녀와 비즈니스맨들이 밤마다 흥청거리게 됐다. 명색이 긴자여서 신주쿠, 시부야, 에비스, 롯폰기처럼 학생들로 시끄럽지 않아, 어른의 만남을 원하는 남녀가 모여든다.

키누가 선배들을 따라 스탠딩 바에서 칵테일 잔을 기울이고 있으니, 바로 슈트를 입은 서른 언저리 남자 세 명이 다가왔다.

"안녕하세요" 하면서 남자들이 명함을 건네자 선배들은 "감사합니다" 하고 익숙하게 받았다. "저희가 쏠게요. 뭐 마실래요?" 남자 한 사람이 말하자, 선배들은 "그럼 테킬라!"하고 대답했다. 키누가 잘못 왔다고 후회하고 있을 때, 스마트폰이 울렸다. 무기였다.

키누는 "화장실 좀 다녀올게요" 하고 자리를 떴다. 가게 입구에서 다시 전화를 걸었다.

"여보세요, 미안. 지금 봐서……."

"키누."

묘하게 심각한 무기의 목소리에 키누는 가슴이 쿵쾅거렸다.

"응, 지금 어디?"

"합격했어."

무기가 울먹이는 듯한 목소리로 말했다.

"취직됐어."

"축하해…… 축하해……."

키누는 안도의 한숨을 쉬며 그렇게 되풀이하고, 가게 벽에 기댔다.

다음 날은 날씨가 좋았다. 키누와 무기는 베란다로 테이블을 옮겨서 식사를 차리고 와인을 마시며 취업 축하를 했다.

무기가 보여준 회사 안내 팸플릿에는 'EC 로지스틱

스'라고 쓰여 있었다.

"인터넷 쇼핑 물류 일을 하는 신생 회사지만 앞으로 더 성장할 것 같아."

"응."

"그리고 좋은 건 5시 퇴근이래."

"그럼 그림 그릴 수 있겠네."

"다행이야, 정말. 이제 키누하고 줄곧 함께 지낼 수 있어."

무기가 자연스럽게 말했다. "줄곧 함께"라는 말에 키누는 '어?' 하고 생각했다. 무기는 웃는 얼굴로 말을 이었다. "키누와 만난 2년 동안 즐거운 일밖에 없었어. 그걸 앞으로도 계속 지켜나가고 싶어. 내 인생 목표는 키누와의 현상 유지야."

키누는 무기의 등에 팔을 두르고 찰싹 붙었다. 둘이 딱 붙어서 다마가와강을 바라봤다.

"닌텐도 스위치 사야지."

"응, 〈젤다의 전설〉 기대되네."

반짝이는 물결은 한없이 여유롭게 이어졌다.

20

 신입사원인 무기는 바빴다. 영업부에 배치돼 8시 넘어 귀가하는 일도 종종 있었다. 키누는 얘기가 다르다고 생각했지만, 무기는 처음엔 어쩔 수 없다고 말했다. 선배를 따라서 외근을 가는 등 바쁘지만 신선한 매일에 즐거움을 느끼는 무기였다.

 새로 산 닌텐도 스위치는 텔레비전 옆에 놓인 채로였다.〈젤다의 전설: 야생의 숨결〉은 초반인 조라의 마을에서 멈췄다.

 드물게 무기가 일찍 퇴근한 날, 역에서 키누를 만나 함께 돌아왔다. 도보 30분. 다마가와강 강변을 걸으면서 마시는 것은 편의점 커피가 아니라 스타벅스 커피로 돌아왔다. 두 사람이 여유롭게 대화를 하는 것도 오랜만이다.

"'고령가'도 곧 끝나."

에드워드 양의 명작 〈고령가 소년 살인사건〉의 4K 디지털 복원판이 개봉됐다. 237분이나 되는 러닝타임. 둘이서 꼭 보러 가자고 약속했다.

"금요일은?"

"금요일은……안 돼. 회식이 있어."

"뭐…… 영화는 아무 때나 보러 가도 되니까."

키누는 대수롭잖다는 듯이 말했지만, 무기는 미안하다고 사과하곤, "아아" 하며 밤하늘을 올려다보았다. 스타벅스 커피가 조금 썼다.

그다음 주, 나나에게 한잔하자는 연락이 왔을 때도 무기는 일 때문에 가지 못했다. 전에 사진전에서 만난 멤버들끼리 모인다고 했지만 가이토 선배는 없었다. 나나와 가이토 선배가 헤어졌다는 소문을 들었다.

나나가 "키누, 혼자라도 와"라고 해서 키누는 혼자 가기로 했다.

나나와 검은색 모자 팀의 유야와 히로무, 유야의 여자친구 아야노 그리고 키누까지 다섯 명. 신오쿠보의 한국 식당에서 모두 치즈닭갈비를 먹었다. 프라이팬을 둘러싸고 "맛있다, 맛있다" 하는데 아직 취기도 돌지 않은 단계에서 히로무가 느닷없이 핵심을 건드렸다.

"나나 씨 뭐 물어봐도 돼요? 역시 돈이 없어서 가이토 씨하고 헤어진 거예요?"

키누는 나나가 긴자에서 일하며 번 돈을 가이토 선배에게 줬다는 걸 무기에게 들었다. 나나는 말없이 앞머리를 걷어올리고 이마를 보여줬다. 큰 흉터가 있었다.

"앗? 그 사람이 때렸어요?" 하고 유야가 깜짝 놀라서 들여다보자, 아야노가 내뱉듯이 "최악"이라고 말했다.

싸해진 분위기 속에서 히로무만 가이토 선배를 변호했다.

"아뇨, 가이토 씨도 힘들었을 겁니다. 자기가 하고 싶은 일을 세상에 인정받지 못하니까 그만……."

그만 때렸다는 거야 뭐야, 하고 키누는 분노를 느꼈지만 나나는 달관한 듯 쓸쓸한 미소로 키누를 봤다.

"무기 씨는 훌륭해."

키누는 석연찮은 기분을 느끼며 나나를 따라 쓴웃음을 지었다.

그날 밤, 늦게 돌아온 무기는 편의점에서 산 우동을 먹으며 나나의 얘기를 들었다. 무기는 가이토 선배를 비난하지도 옹호하지도 않고 유머처럼 얘기를 마무리지었다.

"헤어진 남자와 커플 타투는 괴롭겠다."

키누가 빨래를 개면서 물었다.

"나나 씨가 무기 보고 싶대. 다음 주쯤 어때?"

무기는 대답하지 않았다.

"다음에……. 나 도카이 지역 클라이언트 개척을 맡게 됐어."

"……그렇구나."

키누는 나나와 친구들을 만날 여유가 없구나, 하고 이해했다.

"회사에서 기획안도 내보라고 하고, 꽤 인맥이 넓어

졌어."

기쁜 듯이 말하는 무기에게 키누는 "잘됐다" 하고 웃어준 뒤 일어서서 개어놓은 옷을 옷장에 넣었다. 문득 무기의 책상을 봤다. 선반에 정리해둔 그림 재료가 눈에 들어왔다. 무기가 그림 그리는 모습을 한참 동안 보지 못했다.

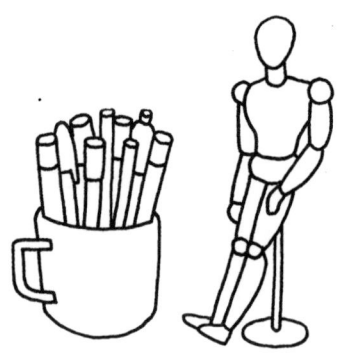

21

재작년 아쿠타가와상을 수상한 다키구치 유쇼의 최신 단편집《가지의 반짝임》을 다 읽은 키누는 거실 소파에서 후우, 하고 여운이 깃든 한숨을 내쉬었다. 감동이 식기 전에 얘기하고 싶어서 책을 들고 무기 쪽으로 갔다.

무기는 책상에 앉아서 컴퓨터에 표 계산 소프트웨어를 띄운 채 잔업을 하고 있었다.

"있지, 있지, 무기."

키누가 부르는 것과 동시에 라인 착신음이 울렸다. 스마트폰 화면을 확인하면서 무기가 말했다.

"연극 있었지? 언제더라, 뭔가 보러 가자고 한 것 같은데."

"〈나의 별〉 말이야?"

극단 마마고토의 〈나의 별〉을 보러 미타카에 가기로 약속했다. 키누는 책장 옆에 붙여놓은 전단을 눈으로 가리켰다.

"토요일인데."

"시즈오카 출장이 일요일인데 미리 가자고 해서."

연극을 보러 가기로 한 날도 연극 제목도 기억하지 못하고, 그걸 직전에 취소하려는 무기에게 키누는 화내지 않았다.

"응, 괜찮아. 괜찮아."

무기는 키누가 괜찮지 않다는 걸 알아차렸다.

"그럼, 거기 거절하고 갈게."

"응, 왜? 괜찮다니까……."

"괜찮지 않잖아. 표 예매했잖아."

"일이잖아."

"나도 그런 건 싫어. 일이 어쩌고 그런 말 하는 거 당연히 싫지."

"알아."

상대를 배려하듯 말하지만 자기 마음을 이해해달라

는 주장이 얼굴에도 목소리에도 역력했다. 서로에게.

"그저 키누랑 생활 습관이 맞지 않을 뿐."

"응?"

생활 습관이 맞지 않을 뿐. 무기는 객관적으로 분석한 듯 그렇게 말했다. 키누는 거기에 마음이 없다는 걸 믿을 수 없었다.

"아니, 그러니까 지금 중요한 때니까."

"알아."

"또냐, 하는 얼굴이잖아."

"또라고는 생각해. 또니까. 하지만 내 말은……."

"그럼 간다고 하잖아."

"그럼이라고? 그럼이라면 가고 싶지 않아."

"뭐?"

"요즘 그럼을 너무 자주 해."

그 말에 무기는 할 말을 잃었다. '그럼'의 어디가 나쁜 거지. 네가 그렇게 하고 싶다면 '그럼' 그렇게 하자는 배려 차원의 말이 어디가 잘못된 거지.

잠자코 한쪽 눈썹을 올리는 무기의 표정을 본 키누

는 무기가 잘못했다고 생각하지 않는다는 걸 알았다.

"귀찮다는 얼굴 하지 마."

"그럼 귀찮다는 얼굴 하지 않겠습니다."

"말투가 왜 그래?"

"또 말투로 야단맞았네."

키누는 화는 네가 내고 있잖아, 생각했다. 짜증이 나서 한숨을 쉬었다.

"이런 별거 아닌 일로 싸우고 싶지 않아."

"이 공연 전에도 본 적 있잖아!"

무기는 버럭하며 연극 전단을 가리켰다. 말투가 너무 거칠었던 것 같아 다시 말했다.

"……아닌가. 재연했으면 좋겠다고 얘기했던 건가."

키누는 그래, 그거야, 하고 한심하게 생각했다.

"미안."

무기도 자신이 한심해졌다. 고개를 숙이고 있는 무기에게 키누는 《가지의 반짝임》을 건넸다.

"이거 좋았어. 출장 갈 때 갖고 갈래?"

"고마워."

스마트폰 진동이 울리자, 무기는 책을 내려놓고 전화를 받았다.

"네, 여보세요. 수고하십니다. 토요일이요? 네, 가겠습니다."

아직 토요일에 어떻게 할지 확실히 결론을 내지 않았는데, 무기는 상사에게 그렇게 대답했다.

키누는 창가에 서서 밖을 바라봤다. 밤의 다마가와강은 새까매서 아무것도 보이지 않았다. 두 사람의 맨션 현관에는 출근용 검은 구두가 나란히 있다. 흰색 커플 잭 퍼셀은 신발장 속에 잠들어 있다.

22

무기는 요코다 선배와 둘이서 시즈오카에 왔다.

"5년만 참아. 5년만 열심히 하면 편해지니까."

요코다 선배의 말에 5년은 길다고 생각했다.

거래처 회사 주차장에 차를 세우고 트렁크에서 짐을 내렸다. 요코다 선배가 먼저 가버려서 무기 혼자 대량의 자료를 안았다. 어깨에 멘 보스턴 가방에서 털썩 하고 책이 떨어졌다. 키누가 준 《가지의 반짝임》이었다. 무기는 그걸 주워서 차 트렁크에 던져넣었다.

키누는 혼자 미타카시 예술문화센터에 갔다.

시바 유키오가 주재하는 극단 마마고토는 2009년에 창단해서 뮤지컬 〈우리 별〉로 기시다 쿠니오 희곡상을 받았다. 2014년에는 〈우리 별〉 등장인물을 고교생으로 바꿔 실제로 고교생이 연기한 〈나의 별〉을 초연해 좋은 평을 받았다. 키누가 보지 못한 그 무대가 올해 재연하는 것이다.

공연장은 젊은 여성들로 붐볐다. 염원하던 공연을 보러 왔는데 키누의 마음은 설레지 않았다. 그러나 공연에 빠지다 보니 기분 나쁜 일은 잊혔다. 설문지에 감동의 말을 써넣은 키누는 개운한 마음으로 공연장을 나왔다.

출장을 간 날 밤, 요코다 선배가 "맛있는 가게 데려가 줄게"라고 했다. 그가 데리고 간 곳은 숯불구이 레스토랑 사와야카였다.

앞치마를 걸치니 눈앞에 치지직 소리를 내는 철판이 놓였다. 철판에는 커다란 주먹 모양의 함박스테이크. 점원이 커다란 나이프와 포크로 솜씨 좋게 고깃덩어리를 둘로 나눴다. "속이 붉을 정도로만 굽겠습니다" 하고 뜨거운 철판에 고기를 갖다 댔다. 양파 소스를 뿌리자 슈슈슈, 하고 거품이 났다.

"최고지? 사와야카 때문에 시즈오카에 살고 싶다니까."

함박스테이크를 한 입 베어 문 요코다 선배가 웃으며 말했다.

"최고네요."

무기는 그렇게 먹고 싶었던 그 맛을 처음 맛보면서 키누와 '함께'가 아닌 것에 죄책감을 느꼈다.

23

일에 쫓기다 보니 눈 깜짝할 사이에 한 해가 저물었다.

무기는 집에까지 일을 갖고 왔다. 키누가 한밤중에 컴퓨터 작업을 하는 무기 옆에 커피잔을 내려놨다.

"아, 고마워."

"응, 수고."

거실 소파에 앉은 키누는 닌텐도 스위치 컨트롤러를 들었다. 시작 소리가 컸는지 무기가 돌아봤다.

"아, 미안."

"아냐."

무기가 일어서서 소파 뒤로 왔다.

"〈젤다의 전설〉?"

"응. 벼랑을 오르는 것뿐인데 즐거워. 지금 물의 신수 바루타랑 싸우고 있는데…… 아, 잠깐 해볼래?"

키누가 컨트롤러를 내밀자 무기는 곤란한 표정을 지었다.

"아니, 괜찮아."

"그렇지, 미안."

"소리 켜고 해도 괜찮아."

"나 지금 안 해도……."

"괜찮아, 키누도 종일 열심히 일하고 지금 쉬는 거니까."

책상으로 돌아간 무기는 가방에서 블루투스 이어폰을 꺼내 귀에 꽂았다. 컴퓨터에 몰두하는 그 옆얼굴을 키누가 어이없다는 듯 보고 있는 것도 느끼지 못했다. 키누는 게임을 그만두고 침실로 갔다.

크리스마스에는 둘이서 시부야에 갔다. "크리스마스야. 쇼핑하러 가자" 하고 말하는 무기의 손을 끌고 키누는 "영화 보고 싶어"라며 엔야마초의 유로스페이스로 향했다.

아키 카우리스마키 감독의 〈희망의 건너편〉을 봤다.

시리아 내전을 피해 핀란드로 온 난민 이야기. 가혹한 사회 문제가 담담하게, 때로는 유머러스하게 그려졌다. 희망이란 무엇인가, 희망의 건너편이란…… 무기는 고요한 화면에 빠져든 키누 옆에서 쌔근쌔근 자고 있었다.

영화를 보고 나서는 서점에 들렀다. 예전에 공원 거리에 있던 책 백화점 대성당 서점, 메이지 거리의 분쿄도 서점, 역 앞의 아사히야 서점, 도큐 백화점 본점 앞의 북퍼스트, 파르코 백화점 지하의 파르코 북센터…… 시부야에 있는 대형 서점은 잇따라 자취를 감추고 말았다. 데이트 하러 서점을 어슬렁거리는 남녀는 이제 멸종 동물이었다.

키누는 〈먹는 것이 느려〉 최신호를 발견하고 집어들었다. 무기에게 보여주려고 보니 그는 자기계발서 코너에 있었다. 마에다 유지의 《인생의 승산》을 읽고 있다. 키누는 진지한 표정을 한 무기에게 말을 걸 수 없어서 혼자 계산대로 향했다.

그날 밤, 침대에 앉아서 스마트폰을 보고 있던 무기가 "영화 재미있었지"라고 했다. 눈은 스마트폰을 향한 채였다. 키누는 "응" 하고는 이불 속에 들어갔다. 감상을 얘기할 마음이 들지 않았다.

"동기가 결혼한대."

무기가 스마트폰을 내려놓고 침실 불을 끄면서 말했다. 무기는 이불 속에 들어와 키누에게 물었다.

"그런 거, 생각하기도 해?"

"응?"

"언제쯤이 좋을까 하는."

오늘 밤 이런 기분을 느끼는 자신에게 결혼 얘기를 꺼내는 무기의 무신경함에 기함했다. 무기는 끈질기게 물었다.

"없어?"

"생각한 적 없는데."

"생각해봐도 좋을 텐데 말이야."

"으음……"

머리맡의 스탠드를 끄려는 키누에게 무기가 또 물

었다.

"또 영화나 뭐 하고 싶은 거 있어?"

"……베란다 전구가 나갔어."

"아, 요전에 말했지. 미안, 미안."

"아니야."

"고쳐놓을게. 잘 자."

불을 끈 어둠 속, 서로 등을 맞대고 자는 두 사람은 생각했다.

'잘 모르겠다. 3개월째 섹스하지 않은 여자친구에게 결혼 얘기를 꺼내는 건 무슨 생각일까.'

'잘 모르겠다. 언제까지 학생 기분으로 살려는 거지. 둘이 줄곧 같이 살고 싶다고 생각하지 않는 걸까.'

.

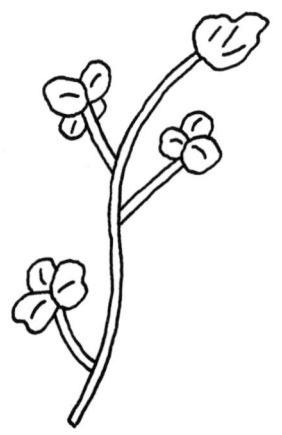

2018

24

함께 산 뒤 세 번째 맞는 새해. 키누와 무기의 대화는 눈에 띄게 줄었다. 마음이 내킬 때 혼자 차를 마시고 혼자 귤을 먹으며 서로 독신 생활을 하듯 마음대로 행동했다.

무기는 여전히 집에 와서도 책상을 향해 있고, 키누는 혼자 거실에서 컴퓨터를 켜고 넷플릭스로 〈기묘한 이야기〉를 보거나 했다.

바론이 창가에서 쓸쓸하게 "야옹" 하고 울어도 이어폰을 꽂은 두 사람의 귀에는 들리지 않았다.

키누는 오랜만에 나나를 만났다. 진보초의 반게라스 키친 테라스 자리에서 런치 카레를 먹었다.

"그래도 말이야, 연구하지 않으면 기분도 나지 않

지."

"연구요?"

"도구를 쓴다거나."

나나의 즉흥적인 조언에 키누는 씁쓸하게 웃었다.

"바보 아니에요?"

"사귄 지 벌써 3년이나 됐잖아."

"에이, 그럼 세상에 3년 차 커플은 모두 도구를 사용한다는 거예요?"

엉겁결에 크게 나와버린 키누의 말에 등 뒤에서 다가오던 남성이 "어?" 하고 멈춰 섰다.

"아, 카지 씨" 하고 나나가 말했다.

키누가 돌아보자 카지 씨라는 남자가 "안녕하세요" 하고 미소 지었다. 웨이브 진 장발에 다박수염이 크리에이터 계통 느낌이다. '잘생긴 아재'라고 부르기엔 아직 젊어 보이는 마흔 언저리 남성이었다.

25

 겨울 어느 날, 근처 상점가에 간 키누는 충격적인 사실을 알았다. 야키소바 빵이 맛있는 베이커리 기무라야가 문을 닫았다.

 입구에 걸린 '58년이라는 긴 세월 동안 사랑해주신 마음에 감사드립니다. 진심으로 고마웠습니다' 하는 폐점 안내 손글씨를, 키누는 슬프게 바라봤다. 어느 상점가든 개인 가게는 하나, 또 하나 사라지고 체인점만 생긴다.

 그날, 무기는 해가 지기 전에 서둘러 거래처에서 회사로 돌아왔다.

 "가부라키 택배 기사가 배송 중이던 트럭을 바다에 버렸대요."

영업부에 뛰어들어온 무기가 그렇게 말하자, 자기 자리에서 커피를 마시고 있던 후배 오무라가 "헐? 무슨 말이에요?" 하고 태평스러운 목소리로 말했다.

무기는 다가온 요코다 선배에게 물었다.

"기사 이름 알았어요?"

"이이다. 알아?"

"전에 같이 분실 택배 찾은 적 있어요. 저랑 동갑이고."

"대책실 만들어. 네가 담당할 거야."

무기가 "예? 저요?" 하고 말하기도 전에 요코다 선배는 오무라에게 "잠깐 와"라고 하더니 그를 데리고 사무실을 나갔다.

큰일 났다. 지금부터 밀려들 일을 상상하며 아찔해하고 있는데 키누의 라인이 왔다.

'베이커리 기무라야, 폐점했어'라는 메시지. 가게 앞의 폐점 안내문 사진을 같이 보냈다.

하필 이럴 때 쓸데없는 얘기를 하네. 무기는 짜증을 내며 답장했다.

키누가 집에서 바론과 놀고 있을 때 스마트폰이 울렸다.

'역 앞 빵집에서 사먹으면 되잖아.'

무기에게서 온 답장을 읽은 키누는 기가 막혔다. 빵을 사지 못해 곤란하다는 얘기가 아니다. 좋아했던 빵집이 없어져서 허무하다는 얘기였다. 왜 그걸 모를까. 키누는 소파에 기대 안타까움에 "으으……" 하고 신음했다.

그때 또 스마트폰이 울렸다. 무기라고 생각했는데 아니었다.

"지난번 얘기, 생각해봤어요?"

요전에 나나에게 소개받은 카지라는 남자의 라인이었다.

해가 저물었지만 무기는 창고에 있었다. 무기는 인부가 지게차로 흠뻑 젖은 상자를 쌓아올리는 모습을 대책 없이 지켜봤다.

"야마네 씨, 큰일 났어요, 이거. 벌써 나왔어요."

오무라가 스마트폰을 보여줬다. 인터넷 포털 사이트에 택배 기사가 도쿄만에 트럭을 버린 사건이 실렸다. 기사 사진까지 유출됐다.

배송 중인 짐을 실은 트럭을 도쿄만에 버린 택배 기사는 니가타에서 체포됐다. 나이뿐만 아니라 고향도 무기와 같았다. 조사할 때 그가 말한 것 같다. "누구나 할 수 있는 일 따위 하고 싶지 않았다. 나는 노동자가 아니다."

분노도 슬픔도 아닌, 고통에 가까운 감정이 가슴에 가득해졌다. 무기는 오무라에게 스마트폰을 돌려줬다.

사고 대책실이라고 이름 붙인 회의실에서 택배 보상을 논의했다. 방침이 정해지자 상사는 퇴근하고, 무기와 오무라는 거래처에 사과와 보상 내용에 관한 교섭 등의 사후 처리를 맡았다. 연락처 리스트는 끝도 없었다. 어려운 부분을 오무라에게 맡길 수 없어서 무기가 혼자 하게 됐다.

"부럽다는 생각도 들어요."

담당한 작업을 마친 오무라가 자리에서 일어서서 재킷을 입으며 말했다.

"전부 버리고 도망치고 싶을 때 있잖아요?"

그의 가벼운 어조에 무기는 화가 났다.

"부러울 거 없어. 산다는 건 책임이야."

"오, 대단하네요."

"뭐야, 오, 대단하네요, 는."

"죄송함다. 수고했슴다."

오무라는 남 일처럼 웃으며 돌아갔다. 무기는 화가 나서 서류 다발을 움켜쥐고 일어서서 놈의 등에 던져 버리려다…… 관뒀다.

혼자 남은 무기는 밤을 새우며 작업했다. 어느 정도 일단락됐을 즈음에야 녹초가 되어 바닥에 드러누웠다. 몸은 피곤한데 뇌가 흥분해서 잠이 오지 않았다. 스마트폰으로 퍼즐앤드래곤(스마트폰용 무료 게임—옮긴이)을 했다. 기계적으로 퍼즐앤드래곤을 움직였다. 게임이 끝날 무렵에야 겨우 졸음이 밀려왔다.

꿈과 현실 사이를 헤매는데 키누와 침대에 누워 함께 《보석의 나라》를 읽고 있는 자신이 보였다.

"내 인생 목표는 키누와의 현상 유지……."

베란다에서 취업 축하를 한 날 자신이 한 말이 어딘가 먼 곳에서 들려온다.

26

4월 어느 날 밤, 키누는 유튜브에 업로드된 어썸 시티 클럽의 〈댄싱파이터〉를 틀어놓고 캔맥주를 마시고 있었다. 키누는 옷을 갈아입고 거실로 온 무기에게 물었다.

"아직 일 남았어? 마실래?"

무기는 대답하지 않고 낮은 탁자에 놓인 읽다 만 만화책을 보며 말했다.

"《골든 카무이》, 지금 13권까지 나온 거야?"

"응, 점점 재미있어지고 있어."

무기는 소파에 앉아서 《골든 카무이》를 휘릭 넘기다 원래 펼쳐졌던 페이지로 되돌려서 테이블에 엎어놨다.

맥주 마실 기분이 아니란 걸 알아차린 키누는 찻주

전자로 녹차를 끓였다.

"좀만 기다려."

"응······."

입을 다물고 있는 무기의 모습은 상당히 심각하다. 키누는 테이블에 쌓아놓은 책을 정리했다. 무기가 제일 아래에 있던 얇은 책자를 들고 읽었다.

"뭐야, 이거?"

'ANOTHER PLANET'이라는 기업의 회사 안내 책자였다. '봐버렸네.' 키누는 어쩔 수 없다 생각하고 무기 앞에 앉았다.

"이직할까 해서."

키누는 줄곧 이 얘기를 꺼내지 못하고 있었다.

"어?"

무기는 농담일 거라고 생각했다.

"이벤트 회사야. 지인한테 좋아하는 영화 얘기를 했더니 거기 어떠냐고 하더라고. 파견이고 월급도 적어지지만 요즘 일 끝난 뒤에 가서 들여다보고 배우고 그래······."

무기는 단숨에 얘기하는 키누가 당황스러웠다.

"지금 일은 어쩌고? 지인이라니?"

"그만둔다고 말했어. 지인은 그 이벤트 회사 사장."

회사 안내 책자 첫 페이지에는 대표이사 카지 코헤이의 사진과 인사말이 실려 있다.

"아니, 잠깐만, 잠깐만. 나는 모르는 얘기들뿐이잖아."

무기는 그저 놀랍기만 하다.

"미안."

가벼운 사과에 무기의 놀라움은 불신으로 바뀌었다.

"어째서? 기껏 자격증 따서 들어갔는데 왜 그렇게 쉽게 일을 팽개치는 거야?"

"그건 그렇지만, 해보니 역시 적성에 안 맞는 것 같아서."

"맞고 맞지 않고 그런 문제가 아니잖아? 그리고 하필 왜 이벤트 회사야? 그건 적성에 맞아?"

"좋아하는 일을 살려보려고."

"좋아하는 일?"

무기는 흥, 하고 콧방귀를 뀌었다. 키누는 회사 안내 책자를 넘기며 말했다.

"이 회사는 말이야, 수수께끼 풀기 아트랙션 같은 걸 해. 만화 원작을 쓰기도 하고 음악 프로모터도 하고."

"노는 거잖아."

키누는 무기의 그 말에 화가 났지만, 애써 웃는 얼굴을 하고 말했다.

"맞아. 회사 모토가 있어. 놀이를 일로, 일을 놀이로."

"촌스러워."

무기의 불신은 이미 분노로 바뀌었다. 키누는 애써 웃었다.

"뭐, 촌스럽다고는 생각해. 매일 테킬라 마시고."

"일은 놀이가 아냐. 그렇게 어영부영한 곳에 들어갔는데 잘 안 되면 어쩌려고 그래?"

"그때는 그때……."

키누는 말을 하려다 그만뒀다. 완전히 화가 난 무기의 얼굴을 보니 무모한 싸움은 하고 싶지 않아졌다.

"그러게. 무기는 일에 책임감을 느끼고 힘들게 일하고 있는데."

"별로 힘들진 않아. 일이니까. 거래처 아저씨가 뒈지라고 욕하고, 침 뱉고, 머리 숙이려고 살아왔나 싶을 때도 있지만, 전혀 힘들진 않아, 일이니까."

비참한 얘기를 멍청한 얼굴로 하는 무기. 키누는 뭔가 잘못됐다고 생각했다.

"그 거래처 사람, 이상해."

"높은 사람이야."

"높지 않아. 직위는 높을지 몰라도 그 사람은 이마무라 나쓰코의 《소풍》을 읽어도 아무것도 못 느끼는 사람일 거야."

언젠가 자기가 한 말을 똑같이 하자 무기는 잠자코 있었다.

"그런 사람 때문에 무기가 상처받는 건······."

이번에는 키누가 화를 냈지만 무기가 가로막았다.

"나도 이제 아무것도 못 느낄지도 몰라."

책장 쪽을 본 무기는 한숨을 쉬었다.

"《골든 카무이》도 7권에서 멈췄고 《보석의 나라》 얘기도 기억나지 않아. 아직도 그런 걸 읽는 키누가 부러워."

"읽으면 되잖아. 한숨 돌리면 되지."

"한숨 돌리는 게 안 돼. 머리에 안 들어와. 퍼즐앤드래곤밖에 할 수가 없어."

스마트폰을 꽉 쥔 무기는 눈물이 날 것 같았다. 키누는 퍼즐앤드래곤밖에 못 하는 마음을 이해할 수 없을 테고, 이해해달라고 말할 마음도 없었다. 이해해주길 바라는 건 다른 일이다.

"하지만 그건 생활하기 위해서니까 전혀 힘들지 않아. 좋아하는 걸 살려보겠다는 건 인생을 만만하게 보는 거라고 생각해."

결국은 키누를 비난하는 것이었다. 조소하는 듯한 무기의 말투에 키누는 화가 났다. 좋아하는 일을 하는 게 뭐가 나쁜가. 둘이서 사는 것도 좋아했기 때문이지 않나.

"좋아해서 함께 있는데 왜 돈 얘기만 하냐고."

저도 모르게 목소리가 커졌다. 무기도 말투가 거칠어졌다.

"계속 함께 있고 싶으니까 그렇지. 그러기 위해서 하기 싫은 일도……."

"난 하기 싫은 일 하고 싶지 않아! 제대로 즐기며 살고 싶어!"

"그럼 결혼하자고!"

갑자기 무기가 그렇게 소리쳤다.

"결혼해. 내가 열심히 벌 테니까 집에 있어. 돈 안 벌고 집안일 안 하고 매일 좋아하는 것만 하면서 지내면 되잖아."

"그거 프러포즈야?"

이번에는 키누가 코웃음을 칠 차례였다.

"지금 프러포즈한 거야? ……생각한 거랑 다르네."

두 사람 다 어이가 없어서 고개를 떨어뜨렸다.

"잊어버려."

무기는 일어서서 부엌 쪽으로 도망쳤다.

"나도, 미안."

키누는 찻잔에 차를 따라서 무기에게 갖다줬다.

"차가 쓸지도……."

무기는 눈가를 닦으며 차를 마셨다.

"이 정도가 딱 좋을지도."

두 사람 다 힘없이 웃었다. 키누가 무기의 맞은편에 앉아, 테이블에 있던 컴퓨터를 만졌다.

"요즘 뭐 봐? 〈워킹 데드〉?"

"지금은 〈마스터 오브 제로〉."

미지근한 차 같은 공기 속에 바론은 창가에서 조용히 털을 고르고 있었다.

27

머잖아 키누는 치과 클리닉을 그만두고 이벤트 회사에서 일하기 시작했다.

7월, 새로운 수수께끼 풀기 어트랙션 오픈 첫날. 키누는 전시회장 안내를 담당했다. 이어폰으로 지시받고 큰 소리로 정리권 번호를 방송하고, 손님을 출입구로 불렀다. 키누는 나나를 발견하고 손을 흔들었다.

"멋지네, 잘 어울려."

나나는 키누의 슈트 차림을 칭찬해줬다.

"정말요? 너무 재미있어요."

아직 잡무의 영역을 벗어나지 못했지만, 키누는 자기가 원하는 회사에서 일한다는 게 좋았다. 무엇보다 긍정적인 사람이 될 수 있었다.

로비 중앙에서는 사장인 카지가 모델이나 탤런트인

젊은 여성들에게 둘러싸여서 홍보용 사진을 촬영하고 있다.

나나가 키누에게 얼굴을 갖다대며 작은 소리로 속삭였다.

"어이, 벌써 카지가 꼬셨어?"

키누는 여전히 쓰레기 같은 소리를 천진난만하게 하는 나나에게 쓴웃음을 지었다.

"주위에 예쁜 여자가 저렇게 많은걸요."

카지는 두 사람 쪽을 거들떠보지도 않고 멍청한 얼굴로 젊은 여자들과 브이를 하고 있었다.

조용한 음악과 많은 사람이 떠드는 소리가 들렸다. 키누가 눈을 뜨자 어둠 속에 반짝이는 미러볼이 보였다. 천장을 향해 바로 누웠더니, 다박수염이 난 남자의 턱이 보였다.

"앗?"

키누가 후다닥 일어났다.

"아, 깼어?"

카지가 웃었다. 키누는 카지의 무릎을 베고 잠들어 있었다.

"어, 제가 어쩌다……."

"여기 와서 한 잔 마시고 바로 쓰러지던걸. 사장님한테 저 어때욤, 저 어때욤, 하더니 무릎 베고 바로 잠들어버렸어."

소파에 나란히 앉은 사원 한 명이 그렇게 말해줬다. 오픈 뒤풀이로 카지가 사원들을 라운지 바에 데려온 것이다.

"말도 안 돼……."

키누는 단숨에 술이 깼다. 입사하자마자 최악의 추태를 보였다.

다들 뒤늦게 온 멤버를 맞이하러 가고, 키누와 카지만 소파에 남았다.

"괜찮아? 라면이라도 먹으러 갈까?"

카지가 작은 소리로 속삭였다. 키누가 아무 말 못 하고 굳어 있자, 카지가 "가자" 하며 일어섰다.

돌아오는 전철에서 카지에게 '그럼 내일 봐' 하는 라인이 들어왔다. 키누도 '네, 그럼 내일 봬요' 하고 답장을 보냈다. 어질어질한 머리와 두근두근하는 가슴. 전철이 흔들려 쓰러질 것 같아 봉을 잡는데, 키누의 시선 끝에 손잡이를 잡고 스마트폰을 하는 무기가 있었다. 키누를 발견한 무기는 손을 흔들었다. 키누는 굳은 얼굴로 웃으며 손을 흔들어줬다.

뒤풀이에서 상사와 라면을 먹은 것뿐이다. 수상한 일은 아무것도 하지 않았다. 그런데 묘하게 어색하다. 키누는 슬며시 스마트폰을 가방에 넣었다.

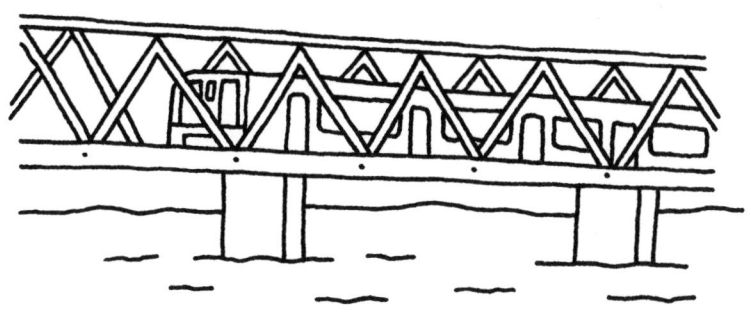

28

'선배가 죽었다. 술을 마시고 욕조에서 자다 죽었다. 술을 마시면 늘 다 같이 바다에 가자고 말하던 사람이었다.'

그해 말, 무기와 키누는 급사한 가이토 선배의 장례식에 참석했다. 유야가 오열하는 히로무의 어깨를 토닥이며 달래고 있었다. 나나는 없었다.

장례식이 끝나자 무기는 키누를 데리고 메이다이후지소바(24시간 영업하는 메밀국수 전문 체인점—옮긴이)에 갔다. 가이토 선배가 좋아했던 베니쇼가텐 소바(붉은 생강 튀김을 올린 메밀국수—옮긴이)를 먹고 집에 왔다.

그날 밤, 집으로 돌아온 키누는 바로 "잘게" 하고 침실로 가고, 무기는 잠을 이루지 못해 닌텐도 스위치로 〈젤다〉를 했다. 하지만 좀처럼 게임에 집중을 못 했다.

집을 나와 다마가와강 강가에 앉아 멍하니 밤의 강을 바라보았다.

'밤새 선배 이야기를 하고 싶었는데 키누는 바로 자 버렸다. 혼자 게임을 하고 산책을 하고 조금 울었더니 졸려서 잤다. 다음 날 아침, 키누가 말을 걸어왔지만 만사가 귀찮아졌다.'

다음 날 아침, 키누는 "나나 씨한테 메일이 왔는데……" 하고 말을 걸었지만, 무기는 들으려고도 하지 않고 "다녀올게" 하며 가방을 메고 나갔다.

'그의 선배가 죽었다. 나쁜 사람은 아니었지만 술을 마시면 이내 여자에게 집적대는 사람이었다. 여자친구에게 주먹을 휘두른 적도 있다. 죽은 것은 물론 슬펐지만 무기처럼 슬퍼할 수는 없었다. 그런 나도 싫고……. 다음 날 아침 털어놓으려고 했지만, 이미 늦었다. 만사가 귀찮아졌다.'

그 후, 무기는 나나에게 불려가 가이토 선배의 작품 정리를 도왔다. 갤러리 종이 상자에 담긴 인화물 중에는 무기가 조명 보조를 했던 해파리 사진도 있었다.

"결국은 헤어졌지만, 결혼할까 하기도 했었어."

나나가 유품이 돼버린 카메라를 케이스에 담으면서 말했다.

"이런 점은 싫은데, 하는 것들에도 익숙해졌고 싫다는 마음에도 익숙해져서. 하지만 한 번 헤어져야겠다는 생각이 드니까 상처에 생긴 딱지처럼 벗겨내고 싶어지더라."

무기는 정말 그렇다고 생각했다. 자기도 키누와 헤어져야겠다는 생각이 들었다.

"무기와 키누는 헤어지지 않길 바라지만, 젊을 때 연애와 결혼은 다를 테니까."

과감하게 헤어져야 할지도 모른다고 생각했다. 하지만 딱지를 벗겨내면 상처는 아물지 않을지도 모른다는 생각도 들었다.

키누의 회사가 신년 초에 열리는 어썸 시티 클럽 공연을 맡게 됐다. 패밀리 레스토랑에서 만난 점원이 인기 밴드의 보컬로 활동하고, 그 공연에 자신이 참여하다니 생각지도 못한 일이다. 키누는 인생이 조금씩 움직여가는 것을 느꼈다. 그리고 무기의 인생과 자신의 인생이 멀어지기 시작한 것도.

"연애는 생물이어서 말이야, 유통기한이 있어."

라이브하우스에서 밴드 총연습을 보고 있을 때, 카지에게 어른의 의견을 물어보니 업계 사람다운 비유법으로 그렇게 말했다.

"그걸 지나면 무승부를 겨냥하여 공 돌리기 하는 상태가 되겠지. 물론 혼자 있는 외로움보다 둘이 있을 때의 외로움 쪽이 더 외롭다고들 하고."

키누는 확실히 그렇다고 생각했다. 혼자 영화를 보고 혼자 책을 읽고 혼자 라면집을 돌고, 혼자 개그 공연을 보러 가도 조금도 외롭지 않았던 그 시절의 나는 어디로 간 걸까.

"헤어지고 딴 남자 찾으면 되잖아?"

카지는 남 일이라고 가볍게 말했다.

무기가 나나에게 "헤어지지 않길 바라지만"이라는 말을 듣고, 키누가 카지에게 "헤어지지"라는 말을 들은 밤, 두 사람은 집에 가기 전 들른 슈퍼에서 우연히 마주쳤다.

같이 집에 와서 같이 잔 그날 밤 두 사람은 오랜만에 섹스를 했다. 이불 속, 무기가 아무 말도 하지 않고 손으로 키누를 더듬고, 키누는 아무 말도 하지 않고 응했다.

일을 마치고 두 사람은 나란히 부엌에 가서 물을 마시고, 베란다에 나가 새벽이 오기 전의 다마가와강을 바라봤다. 싸늘한 공기 속, 나란히 아무 말도 없이. 다리를 건너는 차 소리와 강물 소리만 들렸다.

2019

29

돔 모양의 성당 천장에 파이프오르간 소리가 엄숙하게 울려퍼졌다. 2월의 길일, 무기와 키누는 유야와 아야노의 결혼식에 초대받았다. 무기와 키누는 사제 앞에서 서약 키스를 하는 신랑 신부에게 박수를 보냈지만 그들에게 '결혼'이란 두 글자는 강 건너 불처럼 먼 남의 일처럼 느껴졌다.

식이 끝난 뒤 하객들은 성당 밖 계단에 나란히 서서 신랑 신부를 배웅했다. 무기와 키누는 떨어져 있었다.

무기는 히로무에게 "키누와 헤어지려고 해"라고 말했다.

키누는 나나에게 "무기랑 헤어질까 해요"라고 말했다.

"요즘 전혀 대화도 없고"라는 무기.

"싸움도 안 되고"라는 키누.

"감정이 생기지 않아요."

"근데 헤어지잔 말을 어떻게 해야 좋을지 몰라서."

"헤어지자, 하고 간단히 끝내는 건 사귀고 반년 이내일 때 하는 거잖아요."

"우리 5년째예요. 스마트폰 해약도 5년이면."

"어느 사이트에서 해약해야 하는지 모르잖아요. 그쪽에선 말리겠죠."

"헤어지고 싶지 않아요, 지금 해약하면 손해입니다, 그러면서."

무기와 키누의 말은 L과 R로 나뉘어 스테레오 사운드가 됐다. 무기가 묵묵히 듣고 있는 히로무에게 말했다.

"어쨌든 오늘, 이 결혼식이 끝나면."

키누가 묵묵히 듣고 있는 나나에게 말했다.

"헤어질 거예요."

히로무도 나나도 아무 말도 할 수 없었다.

"하지만요" 하고 키누가 말을 계속했다.

"하지만" 하고 무기가 말을 계속했다.

"마지막에야말로."

"마지막만큼은."

"웃는 얼굴로."

"웃으면서."

"그럼 안녕, 하고 말하려고 해."

"행복하게 지내라고 말하고 싶어요."

키누도 무기도 웃는 얼굴로 그렇게 말했다. L과 R은 곡 엔딩을 밝게 만들려 하고 있다. 두 사람은 성당에서 나온 유야와 아야노를 향해 "축하해요!" 하고 꽃잎을 뿌렸다.

결혼식장은 요코하마였다. 피로연이 끝나고 3차를 가는 사람들에게서 떨어진 키누는 밤하늘을 올려다보고 있다. 무기도 멈춰 서서 올려다봤다. 붉게 빛나는 미나토미라이의 대관람차가 보였다. 무기가 물었다.

"관람차 탄 적 있어?"

"응, 없어?"

"없어."

"4년을 같이 지내도 모르는 게 있구나. ……탈래?"

"아, 탈까?"

두 사람은 복잡한 마음으로 관람차를 탔다. 키누는 미나토미라이의 야경에 눈길도 주지 않고, 답례품으로 받은 선물 카탈로그를 무릎 위에 펼쳐놓고 보고 있다.

"고를 수 있는 거네. 오우미 소고기는 어떨까."

"그보다 여긴 야경 보는 데 아냐?"

"야경 좋아해?"

"……보통?"

"난, '우와, 멋지다'고 생각하지 않아."

"미라 보고, '우와, 멋지다' 하는 사람이니까."

"자기도 꽤 즐겼으면서."

"아니, 그때는 말이지, 그게."

"뭐, 처음이었으니까. 데이트기도 했고."

"속으로는 쫄았어."

"나도 극장판 가스탱크 엄청나게 졸렸지만."

"잤잖아, 완전 푹."

둘이서 오랜만에 웃었다. 관람차에서 내린 둘은 노

래방에 가서 프렌즈의 〈NIGHT TOWN〉을 불렀다.

> 벌써 보고 싶어 보고 싶어
> 도저히 참을 수가 없어 넌 어때?
> 미래를 바꾸고 싶다고
> 잡지 못하는 손과 손 애가 타
> 포기하지 않고 거리를 좁히려고
> 애써 보아도 닿지 않아
> Who Are You? 너는 누구
> What Do You Mean 누가 좀 가르쳐줘

무기가 키누의 어깨에 팔을 두르고 함께 불렀다. 헤어지기로 마음먹은 밤, 두 사람은 마지막 데이트를 했다.

30

요코하마에서 돌아오는 길, 키누는 뭔가 결심한 듯 멈춰 섰다.

"집에 가기 전에……."

"응, 가기 전에 잠깐 어디."

"들렀다 갈까."

"응."

서로 오늘 밤 안에 이별 얘기를 꺼내야 한다는 미션을 안고 있다.

"아, 그럼, 거기 패밀리 레스토랑이나 갈까."

"아, 좋네. 오랜만에."

처음에 두 사람이 고백한 장소. 두 사람은 너무 완벽한 엔딩 무대를 같은 생각으로 선택했다.

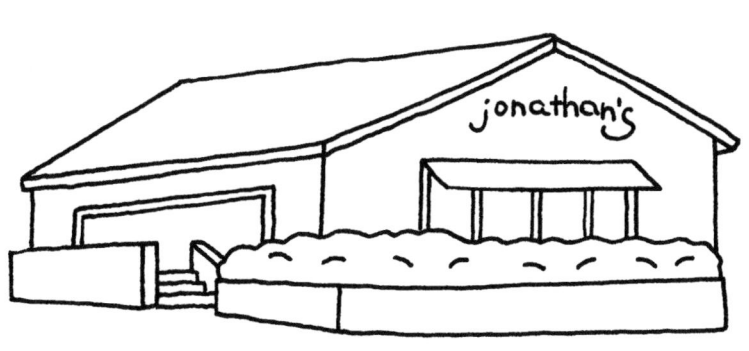

두 사람은 속마음을 감추고 말없이 가게로 들어갔다. 늘 앉던 자리는 이미 남자 두 명이 차지하고 있다. 점원은 통로를 사이에 두고 반대편 테이블로 두 사람을 안내했다.

마주 보고 앉아 드링크 바의 카페오레를 마셨다.

마음을 굳힌 무기가 "그럼……" 하고 말을 꺼내려는데 테이블에 놓인 키누의 스마트폰에 라인 착신음이 울렸다. 무기는 황급히 스마트폰을 치우려는 키누에게 "괜찮아, 봐"라고 말했다. 이번에는 무기의 스마트폰에도 착신음이 울렸다. 띠링띠링 하고 두 사람의 스마트폰이 울려댔다. 결혼식 간사가 오늘 찍은 사진을 계속 보내고 있었다. 두 사람은 쓴웃음을 지으며 사진을 봤다.

성당에서, 성당 밖에서, 피로연에서, 신랑 신부를 둘러싸고 모두와 함께 환한 미소를 짓고 있는 몇 시간 전의 두 사람.

"엄청나게 웃고 있네."

"즐거웠거든. ……자기도 웃었으면서."

"즐거웠거든."

무기는 생각난 게 있어서 "아" 하고 자기 스마트폰에 있는 오래된 사진을 키누에게 보여줬다. 키누와 무기, 가이토 선배와 나나, 유야와 아야노, 히로무가 옥상에서 바비큐를 할 때의 사진이었다.

"몇 년 전이지?"

"3년?"

"벌써 3년이 지났구나……."

키누도 오래된 사진을 보여줬다. 촛불이 켜진 생일 케이크를 앞에 둔, 갓 사귀기 시작했을 무렵의 싱그러운 키누와 무기였다.

"이것도 4년 됐네."

"젊다."

하하하, 웃었다. 두 사람은 연신 화면을 넘기며 오래된 사진에 빠졌다. 그리움과 쑥스러움과 안타까움이 뒤섞였다.

"즐거웠네."

스마트폰에 시선을 떨어뜨린 채, 키누가 불쑥 중얼

거렸다. 무기는 "즐거웠네" 하는 과거형에 퍼뜩 얼굴을 들고 키누를 보았다.

"즐거웠지."

무기가 음미하듯 말했다. 키누는 스마트폰을 내려놓고 무기를 똑바로 봤다.

두 사람은 드디어 그때가 왔다는 걸 깨달았다. 여차하면 마음이 약해질까 봐 무기도 각오를 단단히 하고 스마트폰을 내려놓았다.

"저기, 그럼."

"응."

"얘기할까."

"얘기하자."

하지만 무기는 역시 망설였다.

"내일 해도……."

"오늘이 좋을 것 같아."

키누는 무기의 말을 덮듯 단호하게 말했다.

"지금?"

"지금이 좋다고 생각해. 오늘 즐겁기도 했고."

무기도 키누의 눈을 똑바로 봤다. 생각이 넘쳐나서 말문이 막혔다.

"어. 어, 저기. 오늘까지……."

"응."

"긴 시간이었고, 뭐 여러 가지 일도 있고, 있었지만……."

"응."

"나는, 나는 말이야, 적어도, 오늘까지의, 일…… 아, 아까 사진이 한 장 더 있었어."

키누가 또 스마트폰을 보려는 무기에게 "무기" 하고 말했다. 무기는 스마트폰을 내려놓고 키누의 말을 기다렸다.

"고마워. ……뭐, 그 한마디뿐이지만 말이야. 즐거웠던 일만 기억하고 소중히 간직할게. 무기도."

키누는 웃는 얼굴로 담백하게 말했다.

"집은 일단 내가 나갈게. 내 월급으로는 거기 월세 내지도 못하고. 그 집에 계속 살지 말지는 무기 마음대로 해."

무기는 잠자코 끄덕거릴 뿐이었다.

"바론은 내가 데려가고 싶지만 무기도 그러고 싶을 테니까 이건 앞으로 더 얘기하자. 바론의 생각도 있을 테고."

부드럽게 미소 짓는 키누에게 무기는 슬프게 미소 지었다. 이렇게 헤어지는 건가. 하지만 무기는 뭔가 이건 아닌 것 같다는 생각이 들었다.

"그리고 뭐더라. 가구나 공과금이나…… 하지만 4년 동안, 정말로 고마웠……."

"키누, 나, 헤어지고 싶지 않아."

무기의 눈이 젖어 있었다.

"헤어지고 싶지 않아. 결혼하자."

그렇게 말한 무기는 흐르는 눈물을 닦았다.

"결혼해서, 이대로, 계속 살자……."

키누도 눈이 젖었지만, 고개를 가로저었다.

"괜찮아."

"오늘 즐거워서 지금만 그렇게 생각할 뿐이야. 다시 원래대로 돌아갈 거야."

"돌아가도 돼."

키누는 완고하게 고개를 저었다.

"세상에 결혼하는 부부들 다 그러잖아. 연애 감정 없어졌다고……."

무기는 말해버렸다고 생각했다. 하지만 본심을 전하고 싶었다.

"결혼해서도 계속되는 사람, 있을 거야. 설령 마음이 바뀌었어도 싫은 점 눈 감아가면서 사는 사람들 있어. 키누랑 나랑도……."

"또 허들을 낮추는 거야?"

키누의 말은 아팠다. 무기는 내가 혼잣말을 하고 있구나, 하고 생각했다.

"다 이렇지, 뭐, 하면서 허들 낮춰서 살고, 그런 게 좋아?"

키누는 자기가 유치한 소리를 하는 건지도 모른다고 생각했다. 하지만 조금쯤은 꿈을 꾸고 싶다. 희망을 품고 싶다.

"좋아."

무기는 굳이 강하게 단언했다.

"만약 우리 마음이 식는다면, 그건 좋은 부부가 될 준비가 됐다는 거 아냐?"

무슨 소리를 하는지 모르겠다는 얼굴을 하는 키누에게 무기는 힘을 주어 말했다.

"계속 똑같이 좋아하는 건 무리야. 그러길 바라면 행복해질 수 없어. 싸움만 했던 것도 연애 감정이 방해했기 때문이잖아. 지금 가족이 되면 나와 키누, 잘 살 거야. 아이를 낳고 아빠라고 부르고, 엄마라고 부르고. 나, 상상돼. 셋 혹은 넷이서 손 잡고 다마가와강 산책하자. 유모차 밀며 다카시마야 백화점에 가자. 미니밴 사서 캠핑도 가고, 디즈니랜드도 가고. 시간을 들여서 말이야, 긴 세월 함께 살자. 저 두 사람도 여러 가지 일이 있었지만, 지금은 사이좋은 부부가 됐구나, 공기 같은 존재가 됐구나, 하는 그런 두 사람이 되자. 결혼하자. 행복하게 해줄게."

눈물을 글썽거리면서도 단숨에 말하는 무기의 설득은 가슴을 울리는 부분이 있었다.

"그럴지도 모르겠네."

키누는 고개를 떨구고 망설였다. 그게 현실일지도 모른다. 리얼한 결혼, 리얼한 가족, 리얼한 행복은 그런 걸지도 모른다.

무기는 "응, 응" 하고 끄덕였다. 키누는 이렇게 필사적으로 호소해주는 무기가 고마웠다.

"그러네. 결혼한다면, 가족이라면……."

키누가 그렇게 말하려 할 때, "이쪽으로 오세요" 하는 점원의 목소리가 끼어들었다. 젊은 커플이 점원을 뒤따라왔다. 점원이 안내한 곳은 무기와 키누가 언제나 앉던 그 테이블이었다.

물색 더플코트를 입은 여자와 와인레드 패딩을 입은 남자는 드링크 바 두 개를 주문하고, 점원이 간 뒤에도 선 채로 있다.

"하다 씨, 어느 쪽이 좋으세요?"

"미즈노 씨는 어느 쪽이 좋으세요?"

"아, 그럼, 아, 하다 씨 이쪽으로."

"그럼 미즈노 씨 그쪽으로."

그런 대화를 하며 두 사람은 자리에 앉았다. 서로 씨를 붙여서 부르는 걸 보니 아직 연인이 아니다.

무기와 키누는 분위기가 깨진 느낌이 들어 말없이 남은 카페오레를 마셨다. 들으려고 하지 않았지만 하다 씨라는 여자와 미즈노 씨라는 남자의 대화가 들린다.

"깜짝 놀랐어요."

"저도요. 미즈노 씨가 있을 거라곤 생각도 못해서."

"히츠지분가쿠(3인조 얼터너티브 록밴드—옮긴이) 라이브, 자주 가세요?"

"두 번째예요."

"아하, 그리고 또 누구?"

"하세가와 하쿠시, 최근에는 사키야마 소시."

"아, 나 사키야마 소시, 베이캠프에서 봤어요."

"아, 갔었어요?"

"굉장히 좋더라고요."

"저 표 있었는데 감기에 걸려서."

"아."

음악 이야기로 분위기가 고조됐다. 무기와 키누는 넌지시 그들 쪽을 보다 "엇?" 하고 놀랐다. 하다 씨도 미즈노 씨도 흰색 잭 퍼셀을 신고 있다.

"그럼 베이캠프에서 만났을지도 모르겠네요."

"네. 하지만 오늘 만나길 잘했어요."

"정말요?"

"전에 라인 물어보는 걸 잊어버려서."

"나도 실수했구나 했어요."

"그때는 지금처럼 자연스럽지 않았죠."

"많이 어색했다고 할까."

"하지만 그 뒤에 하다 씨는 지금쯤 뭐 하고 있을까, 자주 생각했어요."

"어머나."

"줄곧."

"나도 미즈노 씨는 지금쯤 어떻게 지낼까 생각했어요."

"우와."

"줄곧……."

"드디어 만났군요."

"드디어 만났네요."

 두 사람의 대화를 듣고 있던 무기는 솟구치는 눈물에 눈가를 눌렀다. 키누는 무기를 바라보며 안타까움에 가슴이 멨다. 같은 생각을 하고 있다. 그 시절의 무기와 키누가 그곳에 있다고.

 저 자리에서 마주 앉아, 둘이서 몇 시간이고 얘기를 나눴다. 책 얘기를 하고, 만화 얘기를 하고, 연극 얘기를 하고, 개그 얘기를 하고, 음악 얘기를 하고, 게임 얘기를 하고, 몇 번이고 웃었다. 진심으로 기쁘고 즐거워서 둘이 함께 있는 것이 행복했다.

 그러나 지금 거기 있는 건 하다 씨와 미즈노 씨다. 두 사람이 음료를 가지러 일어섰다.

"뭐 읽고 있어요?"

 테이블에 놓인 표지를 씌운 책을 본 하다 씨가 물었다. "하다 씨는?" 하고 미즈노 씨가 되물었다.

 두 사람은 자리에 다시 앉아 자기가 갖고 온 책을 서로에게 내밀었다. 표창장 수여하듯 정중하게.

보고 있던 키누는 참을 수 없어서 오열하며 자리에서 일어났다.

무기가 뒤쫓아 나와 가게 밖에서 흐느껴 우는 키누의 등을 안았다. 두 사람은 서로 껴안고 울었다.

저 젊은 두 사람은 지금 피고 있는 꽃이다. 꽃은 언젠가 시든다. 하지만 시든다 해도 그곳에 아름다운 꽃이 피었던 사실은 잊히지 않는다.

이렇게 무기와 키누는 헤어졌다.

31

이별 이야기를 한 날 밤, 두 사람은 처음 만난 날 밤처럼 캔맥주를 마시며 고슈가도를 걸어서 집에 왔다.

"나 말이야, 이럴 때 언제나 떠올리는 게 있어."

키누는 무기에게 이 얘기를 처음으로 했다.

"2014년 월드컵에서 브라질이 독일에 일곱 골을 내주고 진 거 알지?"

"알지."

"그때의 브라질에 비하면 나는 아무것도 아니라고 생각해."

"아. 패배한 뒤 브라질 주장, 줄리오 세자르의 인터뷰는 알아?"

"아니, 몰라."

"역사적인 참패를 한 시합이 끝나고 줄리오 세자르

는 인터뷰에서 이렇게 말했어. 우리가 지금까지 온 길은 아름다웠다. 약간 아쉬울 뿐이다."

키누는 좋은 말이구나, 하고 생각했다. 마지막 날 밤은 그렇게 끝났다.

그렇긴 하지만 적당한 집을 찾지 못해 무기와 키누는 그러고도 3개월을 함께 살았다. 같이 밥을 먹기도 하고 때로는 함께 영화도 보았다.

어느 날, 둘이서 함박스테이크를 먹는데 무기가 고백했다.

"지금 와서 하는 말인데, 나 사실은 그 후에 사와야카 함박스테이크 먹었어."

"나도 먹었어."

무기는 간단히 말하는 키누를 "엥?" 하고 의심스럽게 봤다.

어떨 때는 둘이서 타피오카 밀크티를 마시면서 개그 프로그램을 봤다. 소파에 나란히 앉아 있는데 키누가 아무렇지도 않게 물었다.

"솔직히, 한 번 정도는 바람피운 적 있지?"

"바람? 엉? 있어?"

무기는 되레 반문했지만, 키누는 첫 질문으로 돌아갔다.

"없었어?"

"당연히 없지."

무기가 대답하자 키누는 대답하지 않고 "흐음" 하며 의미심장한 미소를 지었다. 무기는 개그 프로그램을 보며 아하하 웃다가 "엥?" 하고 키누를 의심스럽게 봤다.

가위바위보를 한 끝에 바론은 무기가 키우게 됐다. 이사할 때처럼 둘이서 짐을 싸고 둘이서 커튼을 뜯고, 6월 어느 날, 둘이 나란히 집을 비웠다.

2020

에필로그

무기는 카페 밖에서 여자친구를 기다리고 있었다. 뜻밖에 키누와 마주친 게 어색해 먼저 나가려 했는데 여자친구가 "화장실 좀" 하고 가버린 것이다.

여자친구를 기다리고 있는데 하필이면 키누와 키누의 남자친구가 나왔다. 무기는 모르는 척하고 두 사람을 보냈다. 키누도 모르는 척하고 남자친구와 얘기하면서 갔다.

이렇게 된 바에야 키누 커플이 보이지 않을 때까지 여기 있는 편이 낫다. 그런데 여자친구가 "많이 기다렸지" 하고 바로 나와버렸다. 정말로 타이밍이 엉망이다. 무기는 키누 커플을 뒤따라가게 됐다. 키누 커플 바로 뒤에 탄 에스컬레이터가 몹시 길게 느껴졌다.

다행히 빌딩을 나와서 키누 커플과 무기 커플은 반

대 방향으로 갔다. 등을 맞댄 무기와 키누는 서로의 동행이 눈치채지 못하도록 등을 돌린 채 살짝 "안녕" 하고 손을 흔들었다.

그날 밤 각자 집으로 돌아온 두 사람은 우연한 재회에 설렜다.

키누는 본가의 자기 방에서 혼자 밥을 먹으며 생각했다.

'오늘, 전 남자친구를 우연히 만났다. 아마도 그건 내가 준 이어폰. 둘이서 SMAP의 〈다이세츠〉를 들었지. SMAP이 해체하지 않았다면 우리도 헤어지지 않았을까, 하는 바보 같은 생각을 했다.'

무기는 와세다에 있는 집에서 바론과 밥을 먹으며 생각했다.

'오늘, 전 여자친구를 우연히 만났다. 키노코테이코쿠가 활동을 멈춘 것, 〈순수한 밤의 전파〉가 끝난 것, 이마무라 나쓰코가 아쿠타가와상을 받은 것, 어떻게

생각할까. 다마가와강이 범람했다는 뉴스가 나올 때 무슨 생각을 했을까.'

키누는 욕실에서 나와 생각했다.
'그의 집에 처음 갔을 때, 그가 비에 젖은 머리를 말려줬지. 야키오니기리 맛있었는데. 집 근처에 있던 그 빵집 부부, 지금쯤 어떻게 지낼까.'

무기는 컴퓨터 앞에서 생각했다.
'둘이서 곧잘 간 빵집이 있었지. 그 야키소바 빵 또 먹고 싶네.'
검색하다가 빵집 이름이 베이커리 기무라야였던 것, 키누가 폐점했다고 알려줬던 것을 떠올렸다.
가게가 있던 곳을 보려고 구글 스트리트 뷰로 찾아봤다. 맨션 근처 도로 사진을 보다가, 무기는 "앗" 하고 놀랐다.
'6년 만에 두 번째 기적을 목격했어.'
스트리트 뷰 화면에 꽃다발과 두루마리 화장지를 안

고 다마가와강 산책로를 걸어가는 남녀의 모습이 있었다. 얼굴에 모자이크가 돼 있지만, 틀림없이 무기와 키누였다.

"바론! 이거 봐."

무기는 기뻐서 바론을 안아 들고 스트리트 뷰 화면을 보여줬다. 6년 전 학생 시절 첫 번째 기적에는 흥분을 했는데, 두 번째 기적은 서서히 뭉클해졌다.

"하하하, 대박이야."

무기는 웃으면서 한참이나 화면을 들여다봤다. 사진 속 무기와 키누는 그 시간에 영원히 머문 채, 맑게 갠 다마가와강 산책로에서 사이좋게 손을 잡고 얼굴을 마주 보고 있다. 블러 처리를 해서 잘 보이지 않지만, 틀림없이 웃는 얼굴일 것이다.

꽃다발 같은 사랑을 했다

1판 1쇄 발행 2022년 9월 5일
1판 2쇄 발행 2024년 1월 12일

원작 각본 사카모토 유지
글 구로즈미 히카루
일러스트레이터 아사노 페코
옮긴이 권남희

편집 은솔지 | **디자인** 스튜디오243
펴낸곳 아웃사이트
출판등록 2019년 11월 29일(제2018-000005호)
이메일 outsight@kimdongjo.com

ISBN 979-11-968950-6-8 03830

값은 뒤표지에 있습니다.
파본이나 잘못된 책은 구입한 서점에서 교환해드립니다.